立松和平エッセイ集　旅暮らし　目次

VI 西国へ

VII 南の島へ

立松和平エッセイ集

旅暮らし

*

人生は旅だ

2008 夏

人生は旅である。母の胎内を通ってオギャアとこの世に生まれ、人生を生きて、あの世に去っていく。仏教ではあの世は大きな川である三途の川の向こうに、実際の空間として設定されている。その川を渡るには、六道銭という旅費が必要である。

つまり、人生は旅なのである。あの山の向こうにいかなくても、時間の旅をしている。時間の旅は一瞬もやむことがない。可愛い子には旅をさせ、嫁入りには乗り掛け馬に乗ってやってきた。花嫁は手甲に脚半に草鞋をはき、日除けの角隠しをかぶり、つまり旅装束をしてくる。

どこでどうしていようと、私たちは旅をしているのだ。旅をしないでいることは不可能である。それならば雲を友としての心のままの旅もいいし、はっきりと目的を定めた旅もいい。私たちはどんどん旅をするべきなのである。

誰だってあの山の向こうにいきたいし、海の向こうに何があるのかを確かめたい。うまい料理や酒も味わいたい。見たこともないものを見たい。知る機会のなかった人とも出会いたい。旅は生きることなのだから。あらゆる機会をとらえて旅に出ようではないか。

旅に明け、旅に暮れてきた

2009.7

旅をして生きてきた。

大学にはいってから、心身ともに充実し束縛するものが何もなくなった私は、よく旅に出た。何処にいきたいというはっきりした目標があるわけではなかった。知らない土地にいき、これまで出会ったことのないものに出会いたいと思っていた。金がないので、当然節約できるところは切り詰める。交通費も、できることなら払いたくない。

いきおいヒッチハイクが多くなる。今は他人が信用できず、用心をしなければならない時代で、街道の端に立って乗せてくれと手を上げる薄汚れた若者は、危険な存在と見なされる。ヒッチハイクがやり難い時代になってしまった。

一九七〇年前後、世間では人を信用する気分がまだ色濃く残り、旅の道連れが欲しいというほどの運転者の気持ちでトラックなど簡単に乗せてもらえた。一期一会の出会いの中で、名前も知らない運転者と話すことは、それ自体がもうすでに旅であった。

ヒッチハイクはあなたまかせの旅である。先方のつごうで、当然ながらどこにでも降ろされる。日の暮れたところがその日の宿となった。

今日はステーションホテルにしようか、パークホテルにしようか、ハーバーライトホテルもある、シーサイドホテルもいいのだが、リバーサイドホテルにしようという具合であった。もちろんすべて野宿か、屋根のあるところにもぐり込んで泊まる。シーサイドホテルは、海水浴の海の家か漁師小屋に寝かせてもらったのである。

一人用のテントを持って旅することもあった。何処にでもテントを張るというわけにはいかなかったが、これなら自由自在である。石油コンロとアルミ鍋と寝袋があれば、もう完璧であった。

昔は駅員は親切で、インスタントラーメンを食べようとすると、ヤカンの湯を持ってきてくれることもあった。長距離といえば夜行列車でいくと決まっていて、列車は一晩中動いているから、特急が止まる駅なら夜中も朝も待合室は開いていた。

北海道にいった時、駅のすぐそばにテントを張った。インスタントラーメンを煮ていると、近所に住んでいるらしいおばさんがきて何をしているのかと聞くから、晩飯をつくっているのだと答えた。

「そんなものを食べて旅をしているの」

おばさんはいかにも軽蔑した口調でいうので、私はむっとした。放っておいてくれと思った。気分が悪いので早く寝てしまおうと仕度をしていると、おばさんが大きな盆を持ってやってきて私にいう。

「そんなものしか食べないんじゃ旅の元気がでないから、これをおあがりなさい」

盆の上には大きなホッケの開きがのっていて、御飯も味噌汁も丼に大盛りに盛ってあった。もちろん私はありがたくいただいた。お礼は言葉だけである。若者が社会全体からなんとなく大切にされていたのだ。


外国にもいくようになった。

最初の外国の旅は、関釜フェリーで韓国の釜山へであった。大学の友人と二人でいった。日本と韓国とはまだまだお互いに探り合うような状態で、まさに近くて遠い国だった。親切にしてくれる画家があり、あっちこっち連れていってくれ、またソウルのアトリエにも泊めてくれた。ソウルの弟子がいろいろと世話をしてくれた。ソウルにいく前、その画家はいった。

「あんたらは正直で、すぐ騙されるだろう。お金を取られるに違いないから、自分に預けておきなさい」

その通りにしたので、私たちはソウルにいく時も、切符だけをもらって文無しであった。ソウル駅に弟子が待っていて何かと面倒を見てやるからといわれていて、実際にその通りではあった。

また釜山に戻ることになり、切符をもらって汽車に乗った。釜山駅でその画家が待っていて、そのまま港に連れていかれた。別れ際に、彼の絵が渡された。昔の王様が家臣を引き連れて墓参りにいく「陵行道」という絵で、たくさんの人が蟻のように描いてあった。もちろん私たちの預けた金は戻ってこなかったが、その金で買えるような絵ではなかった。その絵は今も友人宅に保管してあるという。

関釜フェリーに乗らなければならないのだが、切符はない。私は用心のため、ジーパンの内側に一〇ドル紙幣一枚を縫いつけておいた。友人もなんらかの方法で金を身に着けておいたので、二人とも船賃を払うことができたのであった。

下関に着き、日本に無事に帰ることができた。だがそれでは物足りない。私たちの計画は、釜山で貨物船を探して香港か台湾にいき、沖縄を経由して帰ってくるという茫洋としたものであった。それが最初の場所で金を失い、つまづいてしまったのだ。

何とかして東京まで帰るという友人と別れ、私は広島に向かった。「広島のおばさん」と呼ぶ親戚がいたのである。下関から広島まで私はヒッチハイクでいくしかない。下関と広島の距離は関東からは遠近法でくっついているようにも思えるが、実際は遠い。願った車も簡単に拾えず、往生した。ようやく乗せてくれた運転手がドライブインで食事をするからと車を止めたので、私はここで待っているといった。どうしてかと問われ、金がないのだと答えた。

「よし、わしといっしょにこい。奢ってやるけん」

こういわれて私は嬉しかった。旅では人情に触れることが多い。良いことも悪いことも、拡大されるものである。

広島のおばさんは故郷の栃木から訪ねてきた若者に、実によくしてくれた。私はすでに何度か広島にいっていたから、そのことをよく知っていて頼ったのである。泊めてくれ、食事もくれ、小遣いもくれる。そこは病院で、娘が医者をしていた。看護婦さんも何人もいて、私に広島を案内するため一日つけてくれたりした。私はその一番若い看護婦さんとデートをしたのだ。

私は広島のおばさんに資金を援助してもらい、故郷の親や叔父さんに手紙を書いて、送金をしてもらった。そこからまたヒッチハイクをして鹿児島新港までいき、那覇行きの船を待って乗った。当時沖縄はアメリカ軍政下にあり、パスポートに似た身分証明書がなければならなかった。それは鹿児島県庁でとることができた。戸籍抄本などの書類は何が必要か知っていたから、印鑑などとともにすでに用意をしておいたのだ。

もちろん沖縄には沖縄の文化がある。当時の貨幣はドルで、沖縄にいくと国際通りと交差する市場通りのところにたむろしている闇ドル買いのアンマー（おばちゃん）と交渉し、円をドルに交換してもらう。レートはみんな同じだったが、改めて交渉したのは、沖縄訛りの標準語を使う人と話すのが楽しかったからだ。

当時沖縄はベトナム戦の硝煙のにおいがするような島であった。アメリカの軍人の姿が多くて、ヒッチハイクも本土の何処よりも簡単であった。公民館にも、いけば無料で泊めてくれた。本土からやってきた大学生が、まだ珍しかったのである。

那覇の泊港からは、台湾の基隆《キールン》まで定期航路があった。「飛竜」と呼ぶ船が就航していたのだ。途中、宮古島か石垣島に必ず寄っていったから、ついでにそれらの離島も見物することができた。

こうして私は台湾にいき、なんとなく一周旅行をした。香港まではいくことはできなかったが、後にカンボジアから香港まで飛行機で出て、香港から台湾まで定期航路に乗って帰ってきたことがある。寝台は二台の蚕棚のベッドで、食事は時間になると適当な席に坐って食べる。大皿や大鉢に料理が盛られて出され、大勢で囲んで食べる。私は北京語がわからないのでどうしても遅れがちになり、やっと席についた時には大皿や大鉢は空っぽになっていたことが何度もある。

こうして私の旅ははじまり、今もつづいているのである。自分だけの楽しみだった旅も、取材という名の仕事になったりした。取材の旅は楽しくないかというと、そんなことは絶対にない。テーマを決め、そこに一直線に迫っていく。目的を達すると、また一直線に戻ってくることが多い。それは快楽というより探究の旅であり、プロの旅なのである。

旅を重ねていると、日本も世界も狭くなり、何度も同じ場所に立つことがある。だが当然私は年を取っていくのであって、旅人としてのこちら側が変化している。だから同じ場所に立ったとしても、前と同じということはないのである。

パリ・ダカール・ラリーにナビゲーターとして二度参戦した。サハラ砂漠を横断するあの旅は、死ぬほど苦しくて、死ぬほど美しく、死ぬほど楽しかった。私は四十歳前後だったのだが、ラリー隊の態勢づくりまで考えれば、あの年齢でしかいくことはできなかったのである。

戦争下のレバノンにもいった。テレビの仕事で、本も執筆したために記録が残っている。最近、南極にもいってきた。極地研究所に招かれ、昭和基地にいってきたのである。飛行機に乗り継いでいくその旅は、飛行機が出るのか出ないのか不確定要素が強かったものの、苦しいということはほとんどなかった。息を呑むほどに美しい風景の連続で、地球四十六億年の歴史に圧倒されたのであった。当然、ペンがひとりでに走りだし、『南極で考えたこと』という本が産まれた。

2006.8

人々の笑顔を振り返り見る

農村を歩くと、身のまわりをよく整えた家を時折見かける。そんな時、豊かな生活の意味を私は感じるのだ。

家のまわりは菜園になっていて、自分で使う野菜は大体そこでまかなうことができる。家の横には小川が流れていて、野菜はそこで洗える。生簀《いけす》代わりの池がつくってあり、鯉や鱒が飼われ、すきな時にすくって食べる。鶏なども放し飼いにされ、卵は毎日とることができ、御馳走が必要な時には鶏をしめることもできる。南向きの庭には花が栽培され、菊が咲いていて、仏壇の花はそこからとる。家を一回りしただけで、生活に必要なものはとりあえず得ることができる。

家を巡る外周をもっと広くとれば、田んぼがあり、主食の米がある。北側は屋敷林になっていて、裏山の屋敷林につづき、家を建てる時には材木も供給できる。こうして身のまわりですべて得ることができる環境を、使い勝手のよい風景と呼ぶのである。

その風景を維持するためには、勤勉な労働が必要である。四季折々の野菜や花を得るためには、それなりの仕事をしなければならない。

かつて日本の農村にはこんな勤勉な人が暮らしていたから、調和のとれた見事な精神性が風景に現われていた。田植えの時には、機械を使うわけではないから、一度にたくさんの労働力が必要であった。そのため結《ゆい》をつくり、労働力の貸し借りをした。田んぼに二日働きにきてもらったら、二日分の労働で返した。借りたら返すが原則で、その間に貨幣は介在しない。みんな同じような生活をしているから、結が成立したのだ。

若者が出ていってしまい、老人ばかりが残されたとしたら、労働力を返すことができないので、結にはいることができない。老人でも一人は一人という計算なのだが、あまりに年をとると、申しわけなくて借りることができないという心理が働くであろう。

屋根葺きの原料の萱《かや》は、集落で共同の萱場があり、そこで貨幣もなく得ることができた。つまり萱葺き屋根の葺きかえは、お金がまったくなくてもすることができたのだ。田んぼの水管理も、とても一人ではできない。水路は共同作業で整えられ、その上で田んぼがつくられたのだ。こうして農村の景観は、勤勉な共同作業の上に保たれていたのである。

都会人に郷愁を誘う萱葺き屋根の集落が消えていくのは、どうにもならない必然的な流れだ。使い勝手のよい農村風景も、どんどん消えていく。農業をやっているにしても家の主人は都会の会社に勤めていて、土曜日曜だけの兼業になっている。農作業は機械でなるべく簡単にすませる。手をかけて菜園や花壇をつくる余裕は、気持ちの上からも時間の上からもない。自分の家で使うわずかな野菜は、たとえ少々鮮度が落ちるにしても、スーパーマーケットで買ってしまったほうが手っ取り早いのである。

こうして農村の生活が変わった上に、米の生産調整という条件が降りかかっている。全国的にほぼ四割の田んぼで、米がつくれないということになっている。他の作物に転作できればよいのだが、そもそも人手不足と高齢化であるから、耕作放棄地ばかりが増えるということになる。

農村はあまりにも激しい変化にさらされていて、未来が見えないという状況になっている。そうではあっても、昔がよかったというのでは断じてない。かつて私は「家の光」が主催する農村作文コンクールの審査をしたことがある。そこでの戦後間もなくの農村の現実に、暗澹《あんたん》たる気分になったことを覚えている。

　約六十年前の農村婦人の主張は、台所に電燈を一燈多くつけることと、栄養不足を解消するために、毎日牛乳を二百cc飲むことであった。家に電燈はきていたのだが、お父さんが新聞を読むために居間に一燈あるだけで、暗くなると台所仕事にもさしつかえた。夕食の支度は暗くなる前にすませねばならず、あまりに忙しい。生活改善運動とは、そんな地点からはじまったのである。

　どんなに風景が麗しくても、そんな貧しさの中に帰っていくべきだとは、私は絶対に思わない。しかし同時に、生活に利便性が増すと共に、農村としての大切なものが失われていったことも事実なのである。

　どんな農村になればよいのかは、過去を振り返り見るところからしかわからないであろう。精神も物質も満ち足りた生活が人の理想なのであるが、そんな道が必ずあると私は信じる。その理想は人の笑顔の中にあるのだと、私は思うのである。消えてしまった農村風景を振り返って見るのは、郷愁だけではない切実さが今日にはあるのだ。

I

北の大地へ

知床の引力

2008.7

知床の魅力とは、四季折々の変化である。彩りの濃い移ろいの中で、自然は千変万化し、その中で野生動物があるがままに生きる姿を見ることができる。生物の生態系がよく残っているということだ。

生態系の根底にあるのは食物連鎖、すなわち食べる食べられるの関係である。美しい姿を見せるヒグマやエゾシカやキタキツネやアザラシやオオワシやオジロワシ、サケやマスなど魚たち、それらは生きるために激しい闘争をしている。その生態系の中に、漁業や農業をする人間が風景の中におさまって存在する。

花もただ美しいのではない。蜜が香りを放ち、虫を集めて受粉をしてもらう。子孫を未来に残すために、必死に花を咲かせている。しかも、花たちの盛りは短い。知床で最も華やかに咲き乱れるのは、初夏の頃である。

夏はそんな生命が最も活発に動き出す季節なのだ。春から夏に向かって、山や海の動物たちや、あらゆるところにある植物たちは、生き急ぐかのように行動を開始する。

もちろん冬も魅力的だ。オホーツク海は真っ白い流氷にびっしりと埋めつくされる。流氷とは地球で最も南にくる海氷である。分厚い氷に閉じ込められた氷の下では、魚たちが産卵をする。密かに生命力を甦らせているのだ。人間もこの季節ばかりは休息になる。自然の力にはどうしても勝てないと、みんな知っている。それなら従順にしているほかない。

知床の魅力とは、落差の激しい自然の変化である。動物たちも人間も、その時々の自然の色に染められて生きている。知床は四季それぞれに訪れなければならないところだ。

私が知床に魅かれるのは、この一つ一つの生命の輝きに感動するからである。輝きは季節によって変わる。そして、そのただ中で私は私自身の生命力を感じることができる。それが知床の引力だ。

2007.10

知床の四十年

知床にはじめていったのは、私が大学一年生の時であるから、もう四十年以上も前のことになる。行き当たりばったりにユースホステル泊まりをし、可愛い女の子がいるとふらふらとそちらに釣られていったりした。

鉄道からバスに乗り換えて着いた宇登呂は、地の涯てという言葉がぴったりのところであった。粗末な家の屋根に石が載せられ、木造の漁船がならび、全体的に貧しさの印象が強かった。一方、海の美しさは格別であった。波は透きとおり、泳ぐ魚や昆布についたウニなどが見えた。現代では、さすがに知床といっても海のあの清澄なたたずまいはない。

あれから四十年以上もたち、私は知床にとっては相変わらずの旅人である。雨が降って温暖な日がつづけば、作物が育って喜ぶ何人もの友人の顔が浮かぶ。サケやマスが豊漁だと聞けば、定置網を巻き上げる漁師の友人の顔が浮かぶ。若者の結婚式の仲人を頼まれ、老人の葬儀にも参列する。すすめられて山小屋も持った。旅人というより、少しは土着の生活人に近い喜怒哀楽を感じるようになっている。これも旅の一つの典型的な形かなと、最近は思っている。

考えてみれば、四十年という歳月は人の一生のうちの最も重要で濃密な時間である。

2008.1

知床の冬

知床の冬は一年中で一番美しいと私は思っている。

夜、風が激しく吹いて、海がごおごおと鳴っている。吹雪なので、人は家の中にいるしかない。外ではどんなことが起こっているか予感のようなものがあり、恐ろしいのだが、心の中では楽しみでもある。そんな夜は、焼酎でも飲んで早く寝るしかない。

翌朝起きると、まず海を見る。遠ければ、車でいってみる。昨夜までまるで生きものでもあるかのように動いていた海は、何処にいってしまったか姿がない。そのかわりに、白い流氷がびっしりと埋めつくしているのだ。氷の地平線が彼方に白い直線を描き、まるで大地ができたようにさえ見える。

荒れ騒いでいた海が流氷に押さえつけられているので、物音さえも断える。風景がまったく変わるのだ。知床の冬はそれほどに劇的なのである。

この流氷の中には、アイスアルジーと呼ばれる植物プランクトンがはいっている。春に流氷が溶けると、それを餌にして動物プランクトンが大発生し、魚を豊かに養う。そのことを知っているから、たとえ漁船を出すことができなくなっても、漁師は流氷を大歓迎するのである。

2003.2

『半島　知床』あとがき

「流氷がきたよーっ。いい流氷だべさ。いつ見にくるかい」

知床の友から電話がかかってくる。さっそく私は手帳を開き、いくことのできる日を決め、航空の便を予約する。春夏秋冬こんな具合で、少し間があくとたちまち電話がはいるのだ。流氷がなくなった。山が緑になった。カラフトマスがとれだした。夏の風が吹きはじめた。ジャガイモの花が咲いた。クマがでた。川にアキアジが遡上している。山の木の葉が色付いたから、観楓会を開こう。とうとう雪が降った。口実はいくらでもある。季節の流れは一刻も止まることはない。かくして私は四季折々の知床を知るところとなる。

飛行機が女満別空港に降りようとして旋回すると、広大なる農地のその果てにオホーツク海の群青色が眺められる。その群青色は時に凍りついて真っ白になる。そしてその向こうに、季節の色彩を映した知床連山が目にはいってくる。その時いつも私は、ほんの少し前にきたばかりなのに、たまらないような懐かしい気分になるのだ。

空港に着くと、にこにこ笑った変わらない顔がある。この十数年、私はこの顔と喜怒哀楽をともにしてきたのである。友の運転する車の助手席に乗り、窓の外に流れはじめた風景を見ていると、心の底からの慰藉の気持ちが湧き上がってくる。熱すぎず、醒めすぎているわけでもなく、ちょうどよいかげんの湯につかっているような気分である。私は身も心も自由になっていることに気づく。これが私にとっての知床の空気だ。

知床の人たちと付き合いだし、山小屋を持つようになってから、私の人生はずいぶんと豊かになった。知床のあの大自然が、いつも私の心の中にある。心の中の自然は、たえず移ろっていって色彩を変える。私の中にも豊饒な海がたゆたい、時には荒れ騒いだりもするのだが、流氷の季節になればそれは美しい輝きを放つのである。澄んだ音色で響きつづける知床の川が、私の中に流れつづけている。

知床は鳥獣虫魚の気配の濃いところである。山にはいれば必ずシカやキツネやクマの視線と出合い、海にいけば魚はとにかく無尽蔵かと思えるほどにとれる。これらの命と向かい合っていることも、私にとっては知床での大いなる楽しみだ。無限の命を養う森や海が、いつまでもこの輝きを失わないようにと、私は祈る気持ちで本書『半島　知床』（河出書房新社）を編んだのである。

2008.4

知床の春

知床の春は、流氷が去っていくことからはじまる。流氷を山からの出し風があらかた沖に運び去ってしまうのだが、海面には忘れられたようにまだ少し残っている。そんな時、すぐそばまで流氷の見物にいく。流氷は奥底に深い青い色をたたえている。氷河の透明な青、グレーシャー・ブルーである。

私はカヌーを漕ぎ出し、流氷を見送りにいったのである。間もなく流氷は風に吹かれ、海面に一片も残らないであろう。

こんな時、陸地では水の澄み渡った音がいたるところでする。氷や雪が溶け、一滴一滴と地面にしたたり、走り出して川となったのである。知床の春の音の代表は、この水音であると私は思う。水音が聞こえない場所というのは、ほとんどない。私自身もこの水に洗われているような気分になるのである。

森の土は黒く湿り、匂いやかな香りに包まれる。春の森では、生きとし生けるものが目覚め、生き急ぐような気配に満ちて、静かなのだがどこかしら騒然とした雰囲気になるのだ。ミズナラやカツラの幹に耳を押しあてると、水を吸い上げる音が聞こえる気がするが、枝が風に揺れる音かもしれない。

春を迎えて騒然としているのは私の心だ。

2004.10

森の力

知床にいった。ふだんは都会生活をしているのだが知床をこよなく愛している人、つまり私と同じような人が、このように話しかけてきた。

「都会生活とは、つまり人間関係でしょう。この知床にだって、人間関係があります。望んでもいないのに、しばらくたつと誰が味方で誰が敵だというような色分けを、ぼんやりとですがされてしまいますね。そんな煩わしさから逃れて、知床にきたのに」

彼はそんなふうにいい、私を彼だけの癒《いや》しの場所に連れていってくれるという。私もいささか人間関係の煩わしさに疲れていたので、素直に彼に従った。

某所である。まず道路脇《わき》の駐車場に車をとめ、渓流に沿って歩いていく。まわりはフキとイタドリの藪《やぶ》で、その向こうに岩を嚙《か》んで湧《わ》き水が流れている。上流に人が住んでいるわけではないので、どの水も澄み渡っている。だが外見がきれいだからといって、安易に水を飲んではいけない。動物たちの糞《ふん》がまじって、かつて風土病のエキノコックスを北海道各地で起こしたことがあるからだ。内臓が腫《は》れ、苦しんで苦しんで死ぬ病気である。今はでていないが、用心するにこしたことはない。すべてのものは、外見だけで判断するのは危険だ。

人の歩いた道はすぐになくなり、シカ道とクマ道になる。つまり、動物たちが歩く道である。背丈ほどのササの中を藪こぎしていくので、クマとの不意の遭遇が恐《こわ》い。ここに人間がいるぞという合図を、常に送っておく必要がある。

「ほうっ、ほうっ、ほうっ、ほうっ」

なんでもよいから時折声を出していくのである。そうすれば先にクマのほうで人間を察知し、そっと身を隠す。そうではあるのだが、緊張を強いられる一歩一歩である。あっちこっちにクマの糞が落ちていたりする。

河原の砂や泥には、シカの足跡が無数にある。動物たちの影が濃いところなのだが、私たちの前に姿は見せない。それが健全な自然だといえる。

森にはいるには、長靴をはいていくのがよい。渓流を渡らなければならないからだ。長靴の中に水がはいらない地点を見つけて沢を越え、尾根を登っていく。獣道は消えては、また現われる。一応過ぎていく地形は頭にいれておく必要がある。


尾根を登ったところに、見事な森があった。知床の自然林とは、エゾ松やトド松の針葉樹が七、ハルニレやミズナラなどの広葉樹が三の割合だといわれている。見たところ針葉樹の多い香りのよい森が、私にはまるで秘密の城のように感じられるのであった。

「私はよくここにきて、一時間ぐらいぼーっとしています。歩いたり、倒木の上に座ったりしていると、エネルギーが身の内に充《み》ちてくるのがわかります。ここにいて帰ると、たいてい何があっても平気です」

こんな秘密の充電の場所を持てる人は幸せである。ここは彼が見つけた森で、道路からせいぜい二十分ぐらい歩いたところなのだが、ここまでくるにはそれなりの技術も知識もいるだろう。それらすべてのことを、彼は楽しんでいるといえる。

本当にいい森であった。雪は深く風も強い知床の冬は、少しでも弱い木をどんどん淘汰《とうた》していく。森には幹の途中から折れた木や、根こそぎに倒れた木も多い。人の手で整理されていないので、一見すると荒涼として見える。だが大きな木が倒れると、空から陽光が射してきて、そこがまたたくさんの幼木や草が生きられる場所になる。倒れた木は腐って苔生《こけむ》し、そこに幼木が繁ってくる。倒木更新である。

森は見ていて飽きない。三百年はたっていると思われるミズナラの大木を見上げ、私もここでエネルギーをたっぷりともらったのである。

2008.6

知床の大船頭さん

知床の漁師の大瀬初三郎さんが、同じく知床に住む私の親友の佐野博さんと桜が満開の東京にやってきた。その翌日、京都本山修験宗聖護院門跡第五十二世宮城泰年大僧正の晋山式、つまり住職になるための法要に出席するのが目的である。京都も桜が満開だろう。

宮城大僧正は私や佐野さんが建立した知床毘沙門堂の夏の法要に、毎年きてくださる。修験者の出立ちをし、お弟子たちと力一杯法螺貝《ほらがい》を吹いてくださる。その翌日、人里離れた知床の奥地にある大瀬さんの番屋に他のお坊さんたちといって、海上安全と大漁祈願をする。海に向かって、ぶおーっ、ぶおーっと法螺貝を勇壮に吹いてくださるのである。

おかげでこの数年知床ではサケ・マスは大漁である。大漁で湧き返るのは、日本の海ではオホーツク海だけではないだろうか。サケ・マスの漁獲量は、大瀬さんたちが番屋を建てた昭和三十年代からくらべれば、十倍を超えている。それは漁師が卵から稚魚にして放流する孵化事業をやっているからだ。

大瀬さんたちが知床の奥地に番屋を建てた時、まわりにヒグマが多かった。クマの世界に人間がはいっていったからである。人を襲うという先入観があるので、クマの姿を見かけるや、猟友会の人にきてもらって撃ち殺した。撃っても撃ってもクマはでてくる。そのうちクマは漁師に何もしていないことに気づいた。干してある魚をとるのは、干し方が悪いからである。そこで漁師はクマを撃つことをやめた。漁師とすれば魚をとればよいだけのことだ。

「クマに出会ったらどうするんですか」

私が問うと、大瀬さんは答えてくれる。

「睨み負けないことだな。じっと睨んでいると、そのうち向こうが目をそらす。足で土をならしてかかろうかどうしようか迷っている時に、こらっと怒鳴ってやればよい。そうしたらクマはあわてて逃げていくから」

そんなことを誰もができるわけはない。実際大瀬さんの番屋のまわりには野生のヒグマがたくさんいて、漁師が網の繕いなどをしているそばを平気で歩く。漁師もクマが危害を加えないとわかっているから、見て見ぬふりをしている。私は大瀬さんの番屋にいくたび、そんな光景を見ている。ヒグマのことを観察し、よく知っていることでは大瀬さんは世界一だと、私は思っている。自分の見たことしかいわない大瀬さんと話していると楽しい。大瀬さんは私にとっては知床の先生なのである。

その大瀬さんが船頭を若い者にゆずった。大船頭という、いわば名誉職に退いたのだ。

「大船頭はこれまでずっと働いてきたんだから。七十歳も過ぎたことだし、東京でも京都でも好きなところにいったほうがいいんじゃないかい」

佐野さんの言葉である。これが私には忘れられない言葉となった。人は年齢によって生き方を変えることができる。今後知床以外の地で私は大瀬さんと会うことが多くなるだろう。

2007.6

心の中の風景へ

私は人の心の中に映る風景に向かって旅をしているのだと意識したのは、礼文島にいってからであった。夏の鮑古丹《あわびこたん》の浜では、たくさんの丸太が寄り着き、漁師の夫婦がチェンソーで切っては、小高い台地に建つ家まで担ぎ上げていた。

礼文島はまさに国境に位置し、ロシアや韓国や日本の材木船が時化《しけ》にあうと、船の安全を保つため甲板にある丸太を捨てていくのだそうだ。森林から選んで伐採した丸太が後から後から流れ着き、冬の薪ストーブの燃料としては充分の量がある。

「あんたらいい季節にしかこないな。冬にきてみろ。誰もいなくて、それは厳しいぞ」

その漁師浜下福蔵さんはいった。夏は三軒あるのだが、冬になると浜下さん一軒しかいなくなるということだ。それならばということで、私は一升壜を持って冬にいった。一軒なので道路は除雪されていず、道なき山を越えていかねばならなかった。礼文島は風が強いので、雪は深くは積もらない。

確かに浜下さんは奥さんと二人で寒風吹きすさぶ海を前にした家にいた。夏に燃料を確保しておいた薪ストーブにあたりながら、私が持参した酒を飲み、浜下さんが用意してくれた料理を食べた。食材はすべて前の海でとれたものだ。

タコの刺身とタラの刺身で、どちらも淡白な味がした。つぶ貝の塩炊き、岩ノリの塩炊き、ダツの天麩羅、冷凍保存しておいたウニ。タラの白子をすり身にし、酢を少々いれて炊くと固まる。これをカマボコと呼び、ネギを刻んだスープにいれて食べるのである。冬の荒れる海で、これだけの食材を用意するのは大変なことだ。妙な意地を張り、これからいくと連絡した私自身を、大いに反省したしだいである。それにしても、なんとおいしいご馳走であったことか。

料理に増してご馳走だったのは、浜下さんの話である。

「今まで一番悲しくて淋しかったことか。それはな、近所で育ち、ともに学校にも通った友が、海で死んだことだ。沖で漁をしていて時化にあい、発動機が壊れて船がいうことをきかなくなったんだな。死を覚悟した友は、残された家族のためにせめて死体だけでも残そうと、自分を船底に閉じ込めて甲板を釘で打ちつけた。船を棺にしたんだな。一週後に船が南の海岸に打ち上げられて、友の死体が発見されたんだ」

浜下さんはこんな話をしてくれた。東京あたりで出稼ぎをし、春になって帰ると、鮑古丹には花がいっぱい咲いている。なんとも美しい。自分の故郷はここだ。もうここからは離れまいと決意し、夫婦だけになっても冬も鮑古丹の浜にいるのだそうだ。

もう二十年以上前の話である。浜下福蔵さんはどうしているだろうか。あれ以来、利尻礼文サロベツというと、私はあの頑固一徹の漁師の顔を思い浮かべるのだ。

綿引幸造さんの心の込もった写真集『最北の四季彩』を見て、礼文島での出会いを思い出した。

北の花の宿命

山に登るということは、花を見るということである。

最近印象に残ったのは、大雪山であった。大雪山は一座の山の名称ではなく、二十三万ヘクタールという日本最大の国立公園である大雪山国立公園の総称である。その中で表大雪《おもて》は、噴火口カルデラの御鉢平《おはちだいら》を中心とした外輪山で、最高峰の旭岳（二二九〇・三メートル）、北鎮岳《ほくちんだけ》、黒岳、烏帽子岳《えぼしだけ》、白雲岳、北海岳、間宮岳などが含まれる。六月終りの、これから夏がはじまろうとする時期に、私は黒岳に登った。黒岳には七合目までリフトでいくことができる。

そこからはいきなり胸突き上がりの難路であった。雪解け水が登山道を流れてきて、ほとんど川になっていた。これが夏へと走り出した時の流れというものだ。登っていくにつれしだいに雪の部分が多くなり、いつしか雪渓《せっけい》の道となっている。急斜面の雪の道は、一歩に注意を払うのだが、下が空洞になったところを時折踏みぬいてしまう。

道の両側は雪からやっと解放された緑色の笹なのだが、雪のないところには必ず花が咲いている。懸命に咲く場所を探しているかのようで、可憐な感じがする。春の花も夏の花も、時をたぐり寄せている。時間がないのだとばかりに、一斉に咲き出しているのだ。

2008.4

チシマザクラはおそらく日本列島で最も遅く咲く桜だろう。白い花は薄命な感じがして、無常観を誘う。ムラサキヤシオツツジの赤紫色、クロユリの黒、メアカンキンバイやチシマノキンバイソウ、ウコンウツギの黄色、カラマツソウやチングルマの白が、とにかく一刻を惜しんで咲き競っていた。

険しい雪渓の道も、こうしてなんとか咲こうとしている花が、苦しい行程の励ましとなっている。黒岳山頂へと至る最後の道は、自分が劇の中の主人公になったような高揚感に満ちていた。石が積まれて歩きやすくなっている石段を一段一段と上がっていくと、山頂の平坦な岩原のその向こうに、凌雲岳と北鎮岳と中岳が雪渓を抱いてならんでいた。北鎮岳の斜面にある雪渓は、同行した人にいわれて気づいたのだが、白鳥と千鳥の姿をしている。たまたまそのように見えたというのではなく、いつもそのように見えるのだそうだ。

黒岳山頂から黒岳石室の山小屋に向かう方向はゆるやかな下りになっていて、眺望がまことによろしい。この先は御鉢平から旭岳につながっているのだ。この溶岩台地を眺めていて、ここそがアイヌ語でいうカムイミンタラなのではないかと私は感じた。「神々の遊ぶ庭」という意味のこのアイヌ語は、昔からよく聞いていた。

ここは花畑である。大雪山の広大な花畑は、神々の遊ぶ庭というのにふさわしい。自然信仰のアイヌの神は、山の神、風の神、水の神、花の神、ナキウサギの神、熊の神など自然を構成するあらゆるものだ。この神とは、自然を人格化した存在であると私は思っている。神々がここで楽しく機嫌よく遊んでいるということは、自然がよく保たれているということである。
ここで一番よく目立つのは、キバナシャクナゲである。清楚《せいそ》で派手なことが嫌いで、控え目に咲く花が多い高山植物の中で、せめて派手に咲いている。黄色っぽい白の花を咲かせるのはイワウメで、ミネズオウとチシマツガザクラはピンクの花をつけている。その花だけをクローズアップすれば精緻《せいち》きわまりない見事さなのだが、この大自然の中では自己主張するにはまわりが強すぎる。そこで自制心の強いもの同士で身を寄せあい、群落をつくることによって少しでも派手に見せて自己の存在を主張し、受精を媒介する虫を集める。弱いものは弱いもの同士で力をあわせ、懸命に生きているのだ。永久凍土地帯に生き残っている植物たちは、彼らなりの生きる知恵を振り絞り、長い間生命を繋いできたのである。そんな凄みをも含めて、カムイミンタラなのである。

山は生あるものの命の曼陀羅《マンダラ》である。生きるために、この大自然と懸命に格闘をしている。月山《がっさん》にいったのは九月末頃だった。登山をする日は嵐に近い激しい雨が降り、一日鶴岡に足止めになった。翌朝、八合目の登山口までバスでいった。雨もよいではあったのだが、思い切って登ることにした。木道をいくと、丸太でつくった鳥居が見えた。月山神社中の宮である。山御田原参籠所《みだがはらさんろうしょ》で入山名簿を書き、若い神官に登山安全のお祓《はら》いをしてもらった。すると不思議なことに雨はやみ、遠くの山並がまるで水に浮かぶ島のように眺められた。神仏が感応してくれたかのようだった。

死者が集まる月山であるから、水子供養のお地蔵さんが祀られていた。この世には不幸がたくさんあり、そこから立ち上がろうとする人も同じ数だけある。お地蔵さんの間に立てられた無数の生々しいセルロイドの風車が、地を這ってくる湿った冷たい風に、水子のささやきのようにさらさらと一斉に回転していた。

月山山頂にはまっすぐいかないで、御田原の湿原に寄り道をすることにした。この高層湿原は、別名を弥陀ケ原《みだがはら》という。昔から神仏習合の地だったのである。池塘《ちとう》にワタスゲやミヤマクロスゲが稲のように立っていた。

御田原は秋の花盛りであった。しかし、いたるところに分厚く雪が残っていて、雪が解けたばかりのわずかな隙間に、ミズバショウやショウジョウバカマ、ヒメイチゲなどの夏の花が、ようやく芽を出しているのだった。草紅葉《くさもみじ》と呼ばれる紅葉した草もあり、早春と晩秋が同居している。これでは夏の花は、ついに咲かないうちに雪が降る。北の植物は、こんなにも過酷な自然の中を生き抜いてきたのだと、涙ぐましい思いがした。

そういえば尾瀬で、私は湿原の草が色づいた草紅葉の美しさに、息を呑んだことがある。風が吹くたび色づいた草がさわさわと揺れ、光を跳ね返す。点々と秋の花が吹いているのが、もの淋しさの中に華やいだ雰囲気をつくっていた。紫色はエゾリンドウ、サワギキョウ、ヤマトリカブト、白い色はウメバチソウ、イワショウブ、黄色はミヤマアキノキリンソウ、マルバダケブキである。

II

日本の原風景、東北へ

埋蔵された日本の原風景

栃木で生まれ育った私には、北に向けての原風景がある。

関東平野の北部に位置する宇都宮は、からっ風の吹きまくる土地である。子供の頃など日光おろしと呼ばれる北風が吹いてくると、道路は舗装されていず、畑もたくさんあったものだから、土埃《つちぼこり》が猛然と走っていった。その風に直撃されると目も開けていられないほどになり、まるで奔馬《ほんば》の群にまかれたようにも感じられたのだ。風で冬は洗濯物が汚れると母は嘆いていたものである。

そんな荒涼とした雰囲気の寒い土地に、北から南へとつづく鉄路の上を、がたごとと軋みながら列車がやってきた。猛然と煙を噴き上げてくる機関車は全体から湯気を立てるように興奮している風だったのだが、後ろから引っぱられてくる列車の屋根には、純白の雪がのっていたのだ。この雪の白さは、遠くの日光や那須の山にしかないものであった。埃っぽい土埃色の土地とは、明らかに異質であった。

北から列車は次から次とやってくる。多いと少ないとあるにせよ、たいていどの屋根にも雪

2005 秋

が層をなして重なり、車輪のあたりも雪まみれになっていた。最近仙台あたりでは雪を見ることもずいぶん少なくなってしまったようだが、かつては今よりもっとたくさん降雪があった。雪まみれでやってくる列車は、私には異郷への憧れであった。あの山の向こうには、雪深い別世界がある。それはきっと美しい国であるに違いない。

東北地方への憧憬は、私にはそのようにしてはじまった。私はいつか、あの美しい雪の源である北へと向かわなければならなかった。大学生頃の私の旅は、思い切って沖縄にいくほかは、東北地方に集中した。

幾つかの旅が印象に残っている。私はリュックを担ぎ、東北本線の列車に乗る。上野を出発して、宇都宮を過ぎ、仙台までは四時間半以上もかかり、ずいぶん遠くまできたように感じた。あの頃、私にとって日本はまことに広かった。泊まるのはたいてい駅か公園か夜行列車の車中で、それを私はステーションホテル、パークホテル、トレインホテルと呼んでいた。車中泊以外は野宿である。そんな思いをしても旅をしたかったのだ。

思いついて、八幡平にいく。バスで蒸《ふけ》ノ湯《ゆ》にいって地熱の湧く地面の上に筵《むしろ》を敷いて眠るオンドル小屋に泊まり、翌日は徒歩で山を越えて後生掛《ごしょうがけ》温泉にいき、湯治場《とうじば》に泊まる。後生掛という名のとおり来世の幸福を祈っているようなお婆さんと混浴の湯にはいり、世間話をする。翌日は焼越えをし、玉川温泉にいく。あまりに豊富な湯量に驚き、老若男女のいる大きな混浴の風呂場にはいってまた驚く。若い私にとって、正直にいえば混浴に期待するところも多かったのである。

また山形県の月山の麓に今神温泉という、バスの終点から何時間か歩かなければ行けない温泉の話を、どこかの旅先で小耳に挟み、そこにいくと一日に何度か、阿弥陀名号が書いてある経帷子《きょうかたびら》を身に着けて湯にはいり、そこで決められた経を読み、念仏を唱える。経文が大きく書かれた紙が壁に貼ってあった。その経文は今でもそらんじることができる。

「あやに、あやに、くすしくとおと、今熊の神におろがみまつる」

これに節をつけて歌うのだが、今では神仏習合の修験道の流れであるとわかる。だが当時はよくわからないながら不思議の念に打たれているばかりであった。その不思議に心が魅かれていたのである。

それから山を越えて肘折《ひじおり》温泉にでる。山越えの道は登山道といっても心細く、こちらはリュックを背負っていても登山の支度をしているわけでもない。肘折温泉は全国いたるところにある湯治場で、立派な温泉街がある。そんな時には乏しい懐具合から少し奮発して、温泉旅館に泊まるのである。高級とはいえないものの普通の温泉宿に宿泊することが、私にはむしろ物足りなくもあった。

もう三十五年も前のことであるのだが、あの頃の私は何を求めていたのだろう。今ならわかるような気がしないでもない。

私はこの風景の奥に隠されている遠い記憶、つまり、人の精神の底に埋蔵された歴史や思想を感じようとしていたのだ。農閑期の湯治場にいくと、田んぼや畑の仕事を一段落させた人がたくさんやってきた。それは老若男女であった。それらの人と温泉で裸になって話を聞くと、人がどんな暮らしをして、毎日の暮らしの糸を紡ぎながら何を考えているのかがわかる。それは遠い私たちの祖先の営みへとつながっていく。

東北地方に積み重なっている時間の層は、今を生きる私たちと遠い祖先たちを分けへだてしていない。それは今の時代を生きる人が、祖先を思い、自らの生き方を祖先たちの生き方と重ねているからである。これを伝統というのだ。

東北地方では大和とは違う蝦夷《えみし》の雰囲気を感じさせてくれ、異文化の香りが独特の魅力となっている。それはいたるところで感じることができる。


いつか私は青森県側の白神山地から、岩木川を日本海に向かってカヌーで漕ぎ出したことがある。西目屋村では岩木川はダムで寸断され、コンクリートの壁に行き当たるたびにカヌーを陸に上げ、よっこらしょと担いで森の中をいかなければならなかった。カヌーの旅としてはさんざんであったが、弘前にさしかかるあたりから川はゆったりとした風格をたたえ、岩木山もしたがえているかのように見えた。津軽半島を縦断し、浅くはあるのだが空とくっつきそうなほど水を深々とたたえた十三湖を横切った。川が海に出るあたりが、市浦《しうら》村の十三湊《とさみなと》だ。辺鄙な風景にすぎず、家も数少ない。ここが安東氏の本拠地であり、港湾都市であったことを知らなければ、ただ通り過ぎていってしまうばかりのところである。奥州藤原氏時代に整備され、鎌倉時代になって安東氏が蝦夷との交易をし日本海交通を発展させると、日本の三津七湊の一つに数えられた。大津波に襲われて十三湊が壊滅したことは、単なる伝承ではなく、発掘調査によって証明された。

名物しじみラーメンを食べながら灰色に煙る十三湖を見ていると、通り過ぎていった歴史というものは、伝承や文献の中に残り、土を掘ればただちに現われでてくるのだということがわかる。土の底には血が流れている。その微かな記憶をたどっていくと、時には津波のような歴史に出会えることが、東北地方の旅の大きな喜びなのである。藤原氏三代の栄華の都平泉はもとより、たとえば磐梯山の麓にいくと、徳一《とくいつ》法師の建立した壮大な堂塔伽藍の記憶が残っている。徳一は最澄や空海と同時代の平安時代初期の法相《ほっそう》宗の碩学であり、会津地方に大きな感化をおよぼした。徳一が建立した代表的な寺院は磐梯山の麓の恵日《えにち》寺で、当時のよすがをしのぶことはできる。

東北地方には消えそうで消えない記憶が至るところにあって、そこを掘るとたいてい限りない黄金がでてくる。それは歴史上に名を残したことも、庶民の暮らしの中にしぶとく残っていることも、その両面がある。東北地方の土の下には幾層にも積み重なっている日本の原風景というものが埋蔵されているのだ。

2002.11

津軽の流儀

津軽といえば太宰治の紀行作品『津軽』を思い浮かべる。三十六歳の太宰治は昭和十九年五月敗戦色の濃い津軽を旅し、自分が生まれてきた風土を探る。

東海岸の蟹田《かにた》では物資のない時代に、Sさんによる家中のもの一切合切持ち出しての疾風怒濤の饗応《きょうおう》を受ける。愛情の過度の露出のために、抑制がきかなくなってしまうのが津軽人なのだ。津軽人共通のこの気質について、太宰治も『津軽』の中で書いている。

「友あり遠方より来た場合には、どうしたらいいかわからなくなってしまうのである。ただ胸がわくわくして意味も無く右往左往し、そうして電燈に頭をぶつけて電燈の笠《かさ》を割ったりなどした経験さえ私にはある。」

私がこんなことを思い出したのは、我が友鈴木秀次が津軽からりんごを送ってくれたからだ。りんごは彼自身がつくったものである。彼はねぷた絵師で、私は弘前で彼が描いたねぷたを引いたことがある。新宿花園神社や宇都宮の大谷《おおや》地下採石場跡で、私が台本を書いた芝居公演に壮大なねぷた絵を描いてくれた。五所川原《ごしょがわら》で街を引いて歩くことのできない巨大な立ちねぷたを彼らが復活するのに、私は立ち合ったこともある。立ちねぷたは岩木川の河原を引いてまわり、最後は河原で燃やした。彼は根っからの津軽人である。

以前はよく新宿あたりでいっしょに飲んだものだが、この頃は故郷の岩木町でりんごづくりに没頭する友を、私は薪ストーブを焚く頃に訪ねたことがあった。部屋はりんごの木の薪を燃やして暖めてあった。りんごの木は燃やしても微《かす》かに甘酸っぱいりんごの香りがする。会えば、当然のごとく一升壜の酒宴になる。

「この頃津軽がいとおしくてな。津軽のことをうんと知りたいと思ってんだよ。病気になったり雪に折れたりしたりんごの木で炭を焼いたり、真っ赤なりんごつくったり、田んぼやったりするのが楽しくてな。ねぷた絵はしばらく描いてねえ。春になったら軽トラック買って、あっちこっち寝泊まりしながら岩木山をスケッチしようと思ってな」

野の道を歩きはじめて心が満足している友と、ひさかたぶりに語り合うのは楽しい。新宿の劇団で女優をやっていた兵庫生まれの恵子夫人は、すっかり津軽人になっていた。言葉が訛っているのはもとより、ホタテ貝の貝殻を鍋にするカイヤキ、七種類の野菜をサイコロ形に切って煮しめたケノシル、タラの白子のジャッパ汁など数々の津軽料理を、山のようにつくって待っていてくれた。

ブナの白神

白神は見渡すかぎり山並がつづく。

高い山はないのだが、山は深い。

峰と峰との間には谷が刻まれ、そこに清冽な水が流れている。

渓流には滝が多いので、外から魚がはいることができない。

そのために魚のいない沢はたくさんあった。

だが現在ではほとんどの沢にイワナが住んでいる。

マタギが運んでいったからである。


道もない山から山へと、生きたイワナを運ぶのは困難であったろう。

イワナは低温を好み、水温の変化には弱い。

ビニール袋を何重にもして渓流の水をいれ、その中にイワナを泳がせ、全体をリュックサックにいれる。

しかし、たちまち水温は高くなるので、

2000.10

たびたび渓流の水にビニール袋をひたさなければならなかったろう。

マタギにとってイワナは必要な食料であった。
山奥にはいっても、イワナのいる沢さえあれば、食料は調達できる。
川辺にいくらでも生えているワサビなどの山菜をとり、
あとは米と少しの酒さえあればよい。

白神は人が生きてきた山である。
植物たちが生き生きとしていれば、水中の魚も、山の獣も、
生きることができる。その上で人も生命を保つことができるのだ。
白神は生命を包み込む緑の宇宙なのである。

すべての生きものたちを柔らかく包んでいるのが、ブナなのだ。
ブナは清楚で気高く、美しい木である。
雪の中に強い意志を見せて孤高の姿で立ちつづけている
厳冬のブナもいいが、したたる緑に包まれて
生命力を露わに示しているブナが私は好きだ。

新緑の頃、緑の炎がちろちろと燃えだすように輝く春のブナ、
生き急いでいるように繁る盛夏のブナ、
そして、生命を燃やしつくして黄金の色に輝く秋のブナも、
それぞれの季節を力一杯に表現している。

白神はブナの聖地なのである。
このブナが生命の血液である水を生むのだ。

2004.8

白神山地の豊かさ

白神山地は秋田県と青森県にまたがる大ブナ林地帯である。ブナは水タンクが垂直に立っているといわれるとおりにことに水をよくつくる木で、白神山地は岩木川、赤石川などが発するところである。最高峰は向白神岳《むかいしらかみだけ》で、標高一二五〇メートルだ。森の深さのわりに、高い山がない。そのかわりに分厚い樹木帯がひろがっていて、そこに多様な生物の世界がある。大型獣はツキノワグマで、水が多いからイワナやヤマメやアユなどの魚影も濃い。鳥獣虫魚のまこと

に豊かな世界がある。

滝、渓流、森と当たり前の自然に恵まれてはいるにせよ、白神山地にはいって誰でも感動できるような観光スポットを探そうとしても、それは少ない。白神山地全体が緑の宇宙であり、この森全体の営みは、麗しき地球そのものの美しき縮図であるといってよい。

白神山地は立入り地域が制限されているのだが、入山が許可になっていても登山道がついているところは少なく、藪こぎをしていく。方向の見当をつけ藪を掻き分けて進んでいくのだが、夏などは風が抜けずに暑いこと極まりない。たちまち汗びっしょりになる。苦しい藪をぬけると、清澄なブナ林があり、小鳥の声などが響いてくる。これが白神山地のあるがままの魅力である。

白神山地の渓流は滝が多く、イワナのはいっていない沢がたくさんあった。そこにイワナを運んだのは、伝統的な猟師のマタギであった。いわば渓流はイワナのいる食糧倉庫で、味噌と米とを持っていきさえすれば、生活ができたのである。山菜はそこいら中いくらでもある。

白神山地はそもそもが生活の山だったのである。生命の曼荼羅の中に率直な気持ちではいることができれば、なんとも豊かな食糧倉庫だということだ。もし自然への感受性が乏しければ、ただブナが繁っているだけの森ということになる。

母なるブナの木

一般にブナの平均寿命は三百年から四百年といわれ、したがって屋久スギの樹齢千年というような巨木は存在しない。ブナは一本の木というよりも、森全体に特徴がある。この森は緑のダムといってもよく、ブナの木の根元には掘っても掘ってもなかなか本来の土に行き着かない、腐葉土が分厚くたまっているのである。踏んでいくと、靴の下から水がじゅっと滲《にじ》んでくる。ブナ林を歩くには、長靴をはいていくのが一番よい。

ブナは水をつくる。一本の大きなブナで、田んぼ一枚の水がまかなえるとよくいわれる。ブナの森は水筒いらずともいわれる。ブナの木の姿を見ていると、雨水に対して実に効率よく利用できる形になっているのがわかる。広葉樹のブナの葉は丸みをおびていて、面積が広く、中が少しへこんだ形になっている。雨が降ると、水はまず一枚一枚の葉にたまる。ここからあふれ出した水が、枝を伝って幹のほうに流れる。幹を伝い流れた水は、根元に吸い込まれていくのである。雨が多く降る日に観察していると、水の流れがすべてブナのためにコントロールされていて、感心してしまう。

ユネスコの世界自然遺産に登録された白神山地には、保護地域が多くて、どこにでもはいっ

2001.6

ていいというのではない。白神山地を巨木を求めて歩くことは、本来できないのである。屋久島とは違うのだ。白神は森全体を楽しむところなのである。

その中で私が白神で一番大きな巨木を見たというのは、付近の人が一般にマザートリーと愛称しているブナだ。青森県中津軽郡の西目屋村と、西津軽郡の鰺《あじ》ヶ沢《さわ》町の境界に、津軽峠がある。白神山地の真っ只中にあるといってよい。ここにマザートリーは立っている。人の目に触れるブナとして、マザートリーは君臨している。

私がいったのは真冬だった。西目屋村のスノーモービルクラブの人たちと、スノーモービルでツーリングしたのである。林道は雪に埋まっていて、山スキーかスノーモービルを使うしかなかったのである。

暗門《あんもん》の滝からおよそ三十分で、津軽峠に着く。そこから白神山地最高峰の、標高一二五〇メートルの向白神岳《むかいしらかみだけ》が見えた。峠で輪かんじきにはきかえ、五分間ほど歩くと、その威厳には圧倒されるほどのブナの巨木がある。このあたりはブナの大木が多いのだが、その中でも母なる木は、ひときわ大きい。近くに林道が通り、たまたま人の目に触れるようになったのだろう。だが白神山地を知りつくしたマタギは、このくらいの木は山の奥にまだいくらでもあるという。

巨木を眺めるには、寝そべってしまったほうがよい。青空を背景にして、雪に包まれた枝が美しかった。寿命いっぱいの樹齢に達しているのだろう。大きな命は、いつまで見ていても飽きない。

注文のない料理店

2009.4

酒を飲みつづけてきたし、これまでどれほど飲んだかもわからない。もちろん今も飲んでいる。酒量も減ったとも思えない。さすがに若い頃には明日のことなどまるで考えずに無茶飲みをすることもしばしばであったが、還暦も過ぎてさすがに自制心も働くようになり、ほどほどでやめることはある。

それ以上飲んでも、うまくないだろうし、身体の変調をおこすことは目に見えている。つまり、年相応に上品な酒飲みになったということである。

それでもほぼ毎日飲んでいる。旅に出ることは相変わらずであるが、夜遅く出先について飲み屋にはいる時間がなかったり、宴席が用意されてなかったときなどは、近くのコンビニにいってカップの日本酒か焼酎を買って飲んでから寝る。結局私は酒飲みということだ。

ふと思い出したことがある。青森県八戸市で講演をすませ、地元の主催者に飲みに行きましょうと誘われたが、急ぎの原稿があったので断った。部屋に戻って懸命に書いたために原稿は早めに仕上がり、さて街に出て一杯引っ掛けようという気持ちになった。街を歩いていると北海道の番屋風の酒場があり、熱燗を一杯キューーッと飲んでから眠ろうとはいった。

「熱燗二本と、焼いたイワシ」

カウンターにつくと、私は注文した。店内には五、六人の団体客が何組か入っていて、それなりに賑やかだった。うす暗い店内には「貧」と墨書きされた文字がいたるところに貼ってある。いずれ名のある書家の作品なのかもしれない。熱燗もイワシもうまくて、私がおかわりを頼む前に親父が新しい酒をカウンターに出す。

「これ、今年金賞をとった酒」「ああ、はい」

後で勘定を払えばいいと思って私は飲む。すると今度は親父はウニを出す。蒸したのか、新鮮ないかにもうまそうなウニである。

「ウニはこんへんではこうやって食べるんだ。食べてごらんよ」

さっそく私はウニを食べる。さすがにうまい。注文もしないのに、この酒はうまいからといってまた茶碗酒が出てきたり、刺身が出てきたりする。値段はすべて壁の紙に書いて貼ってあるから、後でまとめて払えばいいのだ。

まわりの客は帰りはじめていた。酒場は親父と息子と二人でやっていた。酔い潰れた客を息子がおこして帰している。明日は私は岩手県花巻市にいく。宮沢賢治記念館も、何度もいっているにせよ改めてのぞいてくるつもりだ。私も帰ろうとすると、親父に引きとめられた。

「まだゆっくり飲んでいったらいいよ。実はぼくも小説を書いていたことがあってね。ものにはならなかったけど」

親父の話はおもしろかったが、私も明日があるので帰る。今まで食べた全部を払うといったら、親父にこういわれた。

「注文もしないのに、どうして払うの。熱燗二本にイワシ焼き、千二百円だろ」

2003.2

物語のある風景

民家にはその土地に根ざした歴史がある。史跡として残っている民家には、その土地の繁栄を示した建築物が多い。

山形県酒田市には、当地で随一の豪農、奥州一、あるいは日本一の豪農といってもよい本間《ほんま》家の、旧本邸が残されている。薬医門《やくいもん》と白壁の堂々としたつくりは、当地を治める酒井家の本陣として建築して献納され、改めて本間家に下げられたのである。表側は武家づくりであり、奥の建て増しされた部分は、町家のつくりになっている。

民家には違いないのだが、単に民家といって片付けられない歴史を感じるのは、武家とは違う農民階級が、商人たちの実力もあわせ持ち、酒田の歴史をつくってきたのだという自負があるからであろう。庭石ひとつにも物語がある。酒田の米を畿内地方に運んだ船が、帰りは空船になるので重量のあるものを積んでバランスをとらねばならず、船底の錘《おも》りとして運ばれたものであるということだ。そうして集められた富が、民家としての本間家旧本邸には結晶しているのだった。

酒田は最上《もがみ》川の河口に位置し、海上と陸上の交通の交わるところである。ここに本間家があったことに意味がある。最上川と河口を接する新井田《にいだ》川のほとりに、今は農協の管理となっている、山居《さんきょ》倉庫と呼ばれる米蔵の列がある。もちろんこれらの建物は倉庫であって、民家とはいえないのであるが、酒田が最上川の水運によって運ばれる富を一身に集めていたことがわかる。米は人が生きるために最も大切な宝だ。米を守るために、山居倉庫の屋根は二重になり、直射日光が当たらないよう周囲にはケヤキ並木が植えられている。そんな工夫が残っていることが、実生活の場所である建築物のおもしろいところである。

酒田のはじまりは、半ば伝説である。文治《ぶんじ》五（一一八九）年、源頼朝が放った軍勢によって奥州平泉の藤原氏が滅亡した際に、藤原秀衡《ひでひら》の妹の徳尼公が三十六人の従臣とともに落ちのびてきたという。以来三十六人衆が酒田の町をつくり、庄内藩酒井家の治世になっても三十六人衆は町の自治を保ちつづけ、酒田は自由都市になっていった。

平和な時代がつづくと、人はよりよい物質生活を望むものだ。庄内米はうまいと評判になり、全国で高値で取り引きされるようになった。酒田は東北地方有数の米の集荷港になってきた。寛文《かんぶん》十一（一六七一）年、河村瑞賢《ずいけん》という人物によって江戸と出羽に西廻《まわ》りの航路が開かれ、酒田港は日本海の重要な港に位置づけられ、どんどん富が集まるようになったのである。

「本間様にはおよびもせぬが、せめてなりたや殿様に」

　こんなざれ歌が、リアリティを持つようになったのである。本間家は第二次大戦後のＧＨＱによる農地解放まで、日本一の地主であった。本間家の基礎は、三代目本間光丘《みつおか》によって築かれた。寛延《かんえん》三（一七五〇）年、光丘は十九歳で播州姫路に見習い奉公にでて世間を知り、二十三歳で家督を継いだ。その翌年、宝暦《ほうれき》の大凶作にみまわれ、窮民救済の策をつぎつぎに打っていった。日本海からの強風によって運ばれる飛砂を防ぐため、多くの人を動員して松を植えた。これは民間によって行われた公共事業である。この事業で支払われる賃金によって人々は命をつなぐことができ、また米の増産をすることができたのである。

　光丘の徳をたたえる人により、長坂という地名は光ヶ丘と改称され、光丘《こうきゅう》神社が建立された。本間様は藩主のその上の、神にまでなったのである。

　本間家旧本邸にいて、欄間《らんま》や窓の豪華なつくりを見ているだけで、歴史が頭の中を巡るのである。

　斜陽館《しゃようかん》と名づけられた太宰治の生家を、津軽に訪ねた。青森県五所川原《ごしょがわら》から、車内に石炭ストーブが焚かれていることで有名な、津軽鉄道に乗った。土曜日のせいか、乗客にはカメラを持った観光客が多かった。津軽地方に太宰治がもたらした富は、はかり知れない。太宰治の故郷金木《かなぎ》に電車が止まると、乗客たちはどっと降りた。その一人が私であった。
「地主の家に、黒塀とレンガ塀とがあります。黒塀は昔からの地主で、小作人とうまくやっていることを示しています。レンガ塀は高くて頑丈で、小作争議にそなえている新興の地主です」

青森空港から五所川原に向かうタクシーの中で、運転手はこのように語っていた。金木駅から目と鼻の先にある斜陽館は、レンガ塀の家だった。しかもあたりの風景とはそぐわず、これでもかと贅をこらした上での、すさまじい大きさの屋敷であった。

財に誇るという言葉が、私には浮かんだ。父津島源右衛門が建設にかかり、明治四十年六月に完成した、入母屋造《いりもやづく》りの堂々たる家である。米蔵にいたるまで、青森特産の高価なヒバ材が使ってある。一階は十一室二百七十八坪、二階は洋室をいれて八室百十六坪、泉水のある庭園までいれて宅地六百八十坪の和洋折衷の豪邸である。

太宰治の本名は津島修治で、源右衛門の六男として、この家が建築なってはじめて生まれた子供である。幼年時代から少年時代にかけて、彼はどんな気持ちでこの家で暮らしたかということに、太宰文学を解く重要な鍵が隠されているように思える。家が人格をつくるといってもよいのである。

戦後間もなくの農地解放により、大地主津島家は没落した。太宰治の生家は、戦後斜陽館と名づけられて旅館になっていたのだが、金木町が買いとって昔に近い形に復旧し、太宰治記念館とした。

私は前にこの家を見物にきたことがある。豪壮な民家を見るというよりは、太宰治の生家を精神形成の場所として見たかったのだ。その時は旅館として営業していて、宿泊客にならなければ奥にはいれず、屋敷全体を見ることはできなかった。追い返されるようにしてその場を去り、反発する気持ちばかりが残った。

後に入場料を払って堂々と太宰治記念館にはいった。誰に邪魔されることもなく部屋をひとつひとつのぞき、二階の洋間などもしみじみと眺めて、太宰治がこの家から逃れようとした気持ちがわかるような気がした。

この家は津軽の富の象徴なのであるが、同時に人々の苦しみの象徴でもある。含羞《がんしゅう》の人太宰治にとって、そんな家に住むことはもちろんのこと、そんな家に生まれたということさえも、許せることではない。

だがその家の力は当時あまりに強くて、闘うということもできず、逃亡するよりほかに道はなかった。太宰治は自己否定の人である。巷では無頼に染まり、愛欲に沈み、政治運動に逃げ、いつも罪の意識に身もだえしていた。それらすべてのものからさっさと逃亡した彼は、自分は永遠に救われてはならないという強い自覚に苦しんでいたのだ。

太宰治その人は死に、文学作品と、生家である斜陽館が残っている。文学は言葉の修辞の隙間に自己をくらますこともできる。しかし、あまりにも現実的な生家は、あまりにも雄弁に太宰治の心の闇を語っているのだ。

民家を見に私がよくいくのは、福島県の奥会津といわれる地方だ。南会津郡舘岩《たていわ》村の水引《みずひき》と前沢の二つの集落は曲家《まがりや》でできている。奥会津はたいへん雪の深いところである。その豪雪にそなえて、頑丈な曲家がつくられてきた。曲家の特徴は、どれも大きなことと、L字型になった家の先端が土間で、そこに馬が飼われていたことだ。土間は道路のそばに張り出していて、雪かきをしないでもすぐに外にでられるようになっていた。馬は人の暮らしになくてはならないものであった。馬と人とが一体になって暮らすのが、会津の曲家の知恵なのである。だが、もう馬は一頭もいない。

雪に閉じ込められる冬、曲家では居住環境が少しでもよいようにと、内部の空間は広くとってある。そのこともまた、会津曲家の特徴である。家の中心には囲炉裏《いろり》があり、煤《すす》で天井も壁も黒光りしている。この広い空間を生かし、中二階はいつでも蚕家になるようになっているのだ。

水引集落では老人が一人、囲炉裏で使う薪を、迫りくる冬に背中を押されるようにしてチェンソーで切っていた。エンジンの音と、幹を断ち切る刃のけたたましい音が、最後の秋の悲鳴のようにも聞こえた。

今のうちに薪をつくっておかなければ、雪の下に埋もれる冬はとても過ごすことができない。

山の村に老人たちが取り残されていく。あまりに雪深いので除雪もままならず、集落はもうすぐ完全に雪に鎖《とざ》されてしまう。その時、内部の空間の広い曲家はせめても居住空間のよい住居になるのだが、心を慰めあってきた馬はもういない。

2002.10

庄内、坂本獅子踊り

庄内富士ともいわれるとおり、鳥海山《ちょうかいさん》は庄内平野のたいていどこからでも見える均整のとれた美しい山である。庄内といえば、山はこの鳥海山、川は最上川である。

最上川の流域にある平田町大字坂本は、町村合併の前には坂本村と呼ばれたところだ。この坂本で一九九四年の全体の戸数は五十四戸で、そのうち酪農を八戸がやっていた。現在は二十八戸で、酪農は二戸になってしまった。屋敷林に囲まれた大きな家があるのでいってみると、雨戸に外側から板が釘付けされていて、人が去ってずいぶん時間がたっているといった具合である。

日本全国の多くの地方が同じ状態なのだが、坂本も過疎で苦しんでいる。その坂本の旧家長堀家に、二十歳代半ばの長男仁美さんが帰って、家業を継ぐという。その家業とは、米づくりと酪農である。足元の土をしっかり踏みしめて生きようとする仁美さんを応援したい気持ちがあり、また志ある青年の行く末に日本の将来を重ねてみたいという気持ちもあって、昨年私はテレビ番組をつくるため一年間坂本に通った。田植えから真冬の小正月の行事までである。鉄道の駅でいえば、余目《あまるめ》か酒田で降りる。

長堀家が守りつづけているもののひとつに、屋敷裏の坂本貴船神社がある。ここには坂本獅子踊りが伝わっていて、例祭の八月十四日に奉納される。獅子踊り五名、棒使い二名、中立《なかたつ》(太鼓)一名、歌五名という人数が必要で、一人欠け二人欠けし、一時は中断したことがあった。すると誰もいない境内から歌と太鼓が聞こえたという噂になり、祭りをやらなければ祖先に申しわけないという村人の心の中が見えるような話が伝わったりする。

そこに若者が一人帰ってくると、小さな集落はたちまち元気になる。消防団が活動できるようになり、獅子踊りも立派にできる。仁美さんは棒使いの役目を果たした。父親が演じる獅子とともに、棒を持って踊るのだ。盛夏の盆に、汗だくになって祖霊の供養をし、豊作の祈願をするのである。練習のかいあって、仁美さんは生き生きとして踊りきった。

仙台でパソコンのプリンターの設計をしていた時には、企業の部品の一つにすぎなかった。ところが村に帰ると、中心の働き手として生産をにない、祭りを復活して、大いなる存在感がある。五十頭乳牛が飼育できる牛舎も新しく建てた。期待の大きさにはじめは戸惑っていた様子の仁美さんだが、酪農の質の高い経営者の道を確実に歩みはじめていると、私には見えたのであった。それは私にも嬉しいことであった。

2008.11

吹浦にて

鳥海山にのぼってきて、私は吹浦《ふくら》の温泉旅館で暮れゆく日本海を眺めている。そして思うのは、この地も芭蕉が歩いたなということだ。『奥の細道』に描かれているというだけで、その土地が霊性をおびてくる。それが言葉の持つ力というものだろう。

芭蕉の句はこのようなものだ。

あつみ山《やま》や吹浦《ふくうら》かけて夕《ゆふ》すゞみ

（温海山はその名のとおり暑そうな山だが、吹浦という涼しげな名もある。温海山から吹浦への風景を一望のもとに見渡しながら、自分は雄大な夕涼みをしていることよ）

暑《あつ》き日《ひ》を海《うみ》にいれたり最上川《もがみがは》

（燃えている熱い夕日が海に沈んでいく。最上川は太陽まで呑み込んで流れていく。日が沈むと、涼し

くなったのである）

芭蕉がこの発句をつくったのは、出羽三山を登ってきてほとほと疲れている時である。鶴岡では庄内藩百石取りの武士、長山重行こと通称五郎右衛門の邸に迎えられ、粥を所望し、昼寝をした。夜になって歌仙を巻くが体調が悪くなり、三日がかりで歌仙を巻き終る。その時の発句は次のとおりだ。

めづらしや山をいで羽《は》の初茄子《はつなすび》

出羽三山に登山するという、芭蕉にとっては激しく珍しい体験をしてきて、また珍しい初茄子を食べる。芭蕉は何かを乗り越えたという喜びを感じたのであろう。

三日がかりの歌仙を巻き終った翌日、芭蕉は鶴岡より船で最上川を酒田まで下った。船旅は歩くという難儀はない。最上川の河口は広くて、海と見まごうほどである。この時に海に沈んでいく夕日を見たのかもしれない。

酒田に上陸し、海辺の丘に登ると、温海山は頂上のあたりがやっと見える。もちろん遠くの吹浦を同時に見渡すことはできない。一句の中に実際に見える風景ではないといっても、文学は想念の世界なのだから、芭蕉の価値が下がるものではない。

芭蕉が月山を縦走して疲れ果てた身を癒している象徴が、夕涼みである。詠まれているわけではないが、もちろん鳥海山も見える。雄大な風景に、芭蕉は深い慰藉を覚えているのである。『奥の細道』の旅で象潟まで行っているのだが、このあたりが最も遠方である。ここまで来ることができて、これからは帰っていくだけだ。そんな安堵が感じられる。

翌日、歌仙を巻く。暑い日であった。芭蕉は「暑き日を海にいれたり最上川」とするが、初句は「涼しさや海にいれたる最上川」としたとされる。二つの句の意味はまったく違う。前者は太陽が最上川にはいって一日が終ったというような意味になるが、後者は最上川が暑き日などすべてを押し流して海にはいっていくという意味になる。

最終的に「涼しさや」を「暑き日を」に置き換えたのは、『奥の細道』の全体の構成に関ってくる。旅への熱き思いも、こうして終息に向かっていってしまうと、満ち足りた思いが残っているばかりという余韻が残る。自分の心情をより投影させることができるのである。『奥の細道』を完成させるために、推考に推考を重ねたはずだが、芭蕉はここまで考えているのである。

六月十三日（陽暦七月二十九日）に酒田にはいった芭蕉は、二十五日に発っている。十二日間滞在し、十分な休息をとったことであろう。酒田の港から北の方向へ、山を越えて磯を伝っていった。砂浜を踏んで十里行き、日もようやく傾く頃、「汐風《しおかぜ》真砂《まさご》を吹上《ふきあげ》、雨朦朧《あめもうろう》として鳥海《ちょうかい》の山《やま》かくる」とある。吹浦を通ったということを暗示しているのだろう。

闇に手探りしてかすかに見える夜景に「雨もまた奇なり」とすれば、雨が降った後の晴れの景色もまためざましいと、漁師の粗末な小屋で狭いため膝だけを入れるようにして、雨の晴れるのを待った。

芭蕉はそのように書く。漁師の小屋に泊まったようにも読めるが、「曾良日記」によれば、午後二時頃に着いた大山というところで義左衛門方に泊まっている。これは宿屋であろうか。

「江山水陸《こうざんすいりく》の風光《ふうこう》数《かず》を尽《つく》して、今象潟《いまきさがた》に方寸《ほうすん》を責《せむ》」

海や山や水や陸の美しい風景をすべて集めていて、今象潟にきて詩心を悩ませることになったという。象潟について描写した芭蕉の文章は見事で、現代語に直すのがもったいないほどである。芭蕉は干満珠寺《かんまんじゅじ》の方丈に坐り、簾《すだれ》を捲いて景色を眺める。

「風景一眼《ふうけいいちがん》の中《うち》に尽《つき》て、南《みなみ》に鳥海天《ちょうかいてん》をさゝえ、其影《そのかげ》うつりて江《え》にあり」

風景はすべて一望のもとに見ることができて、南にそびえ立つ鳥海山が天を支え、その影が海に映っている。西にはむやむやの関が道をさえぎり、東は堤を築いて秋田に通う水が遥かにつづき、海は北にかまえて波が打ち入るところを汐越という。

「俤松島《おもかげまつしま》にかよひて又異《またこと》なり。松島《まつしま》は笑《わら》ふが如《ごと》く、象潟《きさがた》はうらむがごとし。寂《さび》しさに悲《かな》しみをくわえて、地勢《ちせい》魂《たましい》をなやますに似《に》たり」

ここは翻訳の必要はないだろう。芭蕉の詩境を最高潮にした風景は、この百五十年後に大地震があって土地が隆起し、海の中に小島が点々と浮かぶ風情は失われてしまった。今象潟に行くと田んぼが広がり、そのところどころに土が盛り上がっていて、松が繁っているばかりだ。海や山や水や陸の美しいものをすべて集めた風景は、地上から消滅した。だが芭蕉の文章の中に生きているのである。これを霊性という。

2009.11

遠野から早池峰山へ

花巻に住んでいた宮沢賢治が詩にしている山では、一番が岩手山で、二番目が早池峰山《はやちねさん》である。私が早池峰山に登ったのは八月下旬で、そろそろ秋の気配が強くなったとはいうものの、紅葉の季節にはまだ早い頃であった。

たとえばほとんど同じ季節に、賢治がつくったのはこんな詩である。

早池峰山巓（作品第一八一番より抜粋）

みんなは木綿《ゆふ》の白衣をつけて
南は青いはひ松のなだらや

北は渦巻く雲の髪
草穂やゝはかがみの花の間を
ちぎらすやうな冽たい風に
眼もうるうるして息《い》吹きながら
踵《くびす》を次いで攀ってくる
九旬にあまる旱天《ひでり》つゞきの焦燥や
夏蚕飼育の辛苦を了へて
よろこびと寒さに泣くやうにしながら
たゞいっしんに登ってくる

ここに描かれる光景は、日照りがつづいて田んぼの稲が旱魃《かんばつ》にあうのではないかという焦燥や、苦しい夏蚕の飼育をすませて繭をとる、山の神へのお礼のために巡礼の白衣に身を包んで登山をする人の姿である。

山にはいるのは、娯楽のためにではなく、作物を実らせてくれた神仏への感謝のためであった。それが東北の人ばかりでなく、日本人全体の心性であった。だから登りながら神仏に祈り、日常生活に汚れた自分自身を懺悔《ざんげ》しつづけた。山に登る時、疲れた自分を鼓舞しながら次のように叫んで登ったのである。

「懺悔懺悔《ざんげざんげ》、六根清浄《ろっこんしょうじょう》」

現実の世界で汚れた自分自身を懺悔して険しい道を登り、六根（眼・耳・鼻・舌・身・意）の六つの認識器官の汚れをとりのぞき、身も心も清浄となって山頂に至り、山の神とお会いする。つまり、登山は自分の中に積もった汚れを取り除く行いであったのだ。

それでは早池峰山にはどんな神が祀《まつ》られているのか。早池峰山は古くは東子嶽と呼ばれていた。伝わるところによると、平安時代初期の大同二（八〇七）年、大迫郷の田中成房と遠野郷の始角藤蔵という人物が、それぞれ別に額に金星の模様のある白鹿を追って東子嶽に分け入ったところ、岩の間から光明が発し、権現の姿を拝す奇瑞に出会った。両名は協力しあって山頂に東子嶽明神を祀った。これが早池峰信仰のはじまりである。

それから四百有余年後の鎌倉時代前期、快賢阿闍梨が奥州巡歴の途中東子嶽山麓に立ち寄ったところ、神威を感じ、一寺を創建した。そこを川原坊と号し、十一面観音を祀った。神仏習合なのである。登拝者はここで水垢離《みずごり》を行い、身の汚れを洗い清めて登ることとした。洗い清めるということが、神道の世界である。この思想は、仏菩薩が人々を導くために仮にその土地の神の姿で現われるという本地垂迹《ほんじすいじゃく》思想である。その本地が十一面観音というのだから、白山信仰の影響があるのかもしれない。

宮沢賢治が心から愛した早池峰山の麓に、柳田国男が「遠野物語」を書いた遠野がある。いつか私はこの遠野へと至る峠を越えくる時に、心が奪われるような見事な紅葉を見た。それは橅《ぶな》の黄金の紅葉であった。

一歩ごとに私の身の内に黄金の色が染みてくる。私は進んでいくごとに黄金の光に洗われていくようであった。東北地方でことに見事なのは、橅の紅葉である。

「遠野物語」では早池峰山は山人がやってくる他界であった。「遠野物語」には、遠野から早池峰山にいく道がなかったので、ある猟師が山中に仮小屋をつくって道をつくった話がある。ある日炉の上に餅をならべて焼きながら食べていると、外から小屋の中をしきりにうかがうものがあった。よく見れば坊主で、小屋の中にはいってきて餅を食べた。次の日にもまたくるだろうと思い、猟師は餅に似た白い石を炉の上に置いておいた。再びやってきた坊主が昨日のように白い石を口にいれ、大いに驚いて小屋を飛び出していき、後に谷底で死んでいる姿が見られた。

これは人の手に触れられていない無垢な自然であった早池峰山に、道をつけることによって文化としての人の世界に移行させようとする、境界線上の物語である。早池峰山を人の世界にしようとする猟師の前に、自然そのものである坊主が現われる。自然の世界の住人は、人間の文明の象徴である米も餅も知らなかった。そこで餅を食べたらとてもうまくて、なお要求したのであった。結局文化の側にいる猟師は、自然の側の坊主を殺してしまう。つまり、道ができることによって人がはいり、自然そのものであった早池峰山が、文化の側に所属するようになる。

そうやって自然は一歩一歩人間に征服されていったのだが、「遠野物語―二八番」のこの物語はその過程を象徴的に表現しているのである。「遠野物語」全体が、自然と人間の交渉の物語であり、自然が人間の側に引き込まれていく物語と読める。

今日では早池峰山にも岩手山にも、山人に印象されるような未知はないのだが、人に様々な影響を与えてきた。宮沢賢治が最も多く詩にしている岩手山は、奥行きの深い険しい山である。宮沢賢治は麓の村で仮眠をとり、夜明け方に馬返し登山口から登りはじめ、山頂で御来光を仰いだという。馬返し登山口に歌碑が建っている。

「岩手山いただきにしてましろなる　そらに火花の涌《わ》き散れるかも　宮沢賢治」

御神坂登山口には石川啄木の歌碑がある。

「岩手山　秋はふもとの三方《さんぼう》の　野に満つる蟲を何《なに》と聴くらむ　啄木」

岩手山麓玉山村渋民は石川啄木の故郷である。

III

故郷、栃木へ

『旅する人』後記にかえて

2002.2

旅をして生きてきた。

自分の記憶にあるうちで、はじめて旅らしい旅をしたのは、小学校にはいった年のことであった。母の妹、私には叔母にあたる人が、長い結核療養のすえに全快し、その夫とともに一夏を茨城県の大洗海岸で過ごしたのだ。叔父と叔母とは銅山のある足尾の山の中に住んでいて、私より五歳ほど歳下の娘がいた。私には従妹にあたるまだよちよち歩きの娘と、六歳の甥の私は、叔父と叔母とともに海に面した旅館に泊まったのである。

どのようにしていったのかも、どんな部屋だったのかも、はっきりと覚えている。二階の廊下の窓辺に立つと、目の前に光り輝く海があった。栃木県の宇都宮で生まれ育った私にとっては、はじめて見る海であった。汽車に乗って旅行するなどということも、はじめての体験であった。

海はなんと大きく感じられたことであろう。空と触れ合うほどに雄大で広く、片時も動きをやめずに生きて動いていた。朝も昼も夜も、刻一刻と変わる海を前にして、私は飽きることがなかった。

幼い私は、もちろんその時にはただ圧倒されているばかりであったろうが、その後にいつかその海を越えていこうと思ったことがあったはずである。海を越えるとは、外国にいくということだ。小さな島国で生まれ、しかもその小国は戦争に破れて深い傷を負っていた。その片田舎の子供の私が海外にいくなど、夢のまた夢のもうひとつ先の夢であったのだ。

それが、どうだ。時代は変わるものである。あれからでは長い年月がたってはいるのだが、すっかり旅慣れてしまった私は、鞄ひとつ持って地球の果てまでもいってしまうのである。地球は丸いのだから果てというものはないにせよ、まるで家の中にいるように自由自在にというのは大袈裟だが、思い立ったらかなり好きなところにでかけていく。

旅をはじめて間もない頃は、日本の片田舎で生まれ育った自分との違いばかりが目につき、その違いに旅の実感を得ていたものである。はじめていった外国は韓国だが、その暮らしぶりの違いに面くらい、食べ物があわずに下痢までして、身体は苦しみながらも好奇心はみなぎって精神は高揚していた。中国にいけば、道端の草や石ころにも歴史を感じ、そのことで尽きせぬ感動を味わうことができた。ニューヨークの場末では、とっくに見破られているのにニューヨーカーのふりをして、マクドナルドにはいった。ハンバーガーを食べながら、遥々《はるばる》きつるかなと旅情を味わったりもしたのだった。

旅を重ね、旅に棲むような暮らしをつづけ、マクドナルドのハンバーガーはニューヨークで食べようと栃木で食べようと、同じだと気づいた。草も石ころも、西安と宇都宮とではどこが違うというのだろう。

いつしか私は旅人として、異質なものよりも、同質なものをより鋭く感じるようになり、その違いのなさに共感を覚えるようになっていた。人間なんてたいして変わらないという、実感から得た認識だ。それと同時に、気候風土も違うその土地で土を耕し、海に網をいれている人の生き方が、気になってきた。地球のたいていどこにいっても、農民は悠揚たる農民の顔をしているし、漁師は精悍な漁師の顔をしている。そう思ってその土地の人の顔を見ると、同じ地球に生きているもの同士の共感を覚える。

「よお、兄弟」

そんな風に声をかけたくなる時がある。ほとんど言葉が通じない時のほうが多いのだが、お互いに中身はたいして変わっていないのだから、心の底のことは大体わかるのである。言葉は通じないはずなのに、気がつくと宴会の中にまじっていたりすることもある。肩を組んで、酔ったあげくの出鱈目の歌を歌っていたりする。同じ時代に生きて在るという共生感を感じる。そんな時こそ、よい旅ができたということなのである。

地球は自分の家といっしょだなどというと、大言壮語のたぐいなのだが、共生感とともに旅をすると、落ち着いたよい旅をすることができる。もちろん旅人としては自分の身は自分で守るという用心を忘れてはいけないのだが、その上に限りない安楽がある。旅先のその場所が、魂の休み場所になるのだ。

つまるところ私は、魂の休み場所を求めて、見知らぬ土地をあっちこっち旅しているということになるのだろう。

旅から旅の暮らしをしている私は、ここそ魂の休み場所と感じると、必ずといってよいほど文章を残してきた。それはまた、小説家の業というものかも知れない。何もしないでいたほうが、休み場所にはなるはずなのだが……。ともあれ私の勤勉のたまもので、本書があるのだ。文芸社の他の本と同様、今回も編集は本間千枝子さんのお世話になった。そのほかにもたくさんの人の手をへて、本書がある。

読者にいたるすべての人に感謝する。

2002.11

叔父と出かけた一度限りの行列見物

私が子供の頃、叔父が日光でパン屋をやっていた。私の暮らしている宇都宮のパン工場から毎朝パンを仕入れ、普通車のトラックを運転して日光市内ばかりでなく奥日光の中宮祠《ちゅうぐうし》のあたりまで配達した。日光市内では、叔母が店を開いてパンを売っていたのである。

日光東照宮へ至る表の道から一本奥に入った通りに、叔母のパン屋はあった。そのパン屋に、私はよく泊めてもらった。また叔父が運転する配達のトラックに、よく乗せてもらった。当時の日光街道は砂利道で、杉並木の下を走っていったのである。

「千人行列と紅葉の季節は困るよ。宇都宮から日光まで車がずっとつながって、八時間もかかるときがあるんだから」

叔父の口癖であった。

毎日宇都宮と日光を往復し、市内を走り回らなければならない叔父にとっては、祭りと紅葉で観光客があふれる季節は、困ったものだったのだろう。しかし、観光客で身動きもつかなくなるのは観光地日光にとっては繁栄の象徴であった。

思いきって商売を休みにした叔父と叔母に連れられて、子供の私は春季例大祭の百物揃《ひゃくものぞろえ》千人行列の見物にでかけた。観光客の群集の中で東照宮の参道にいると、旧日光神領の産子《うぶこ》千人におよぶ行列供奉《ぐぶ》がある。先頭の神輿が二荒山《ふたらさん》神社を進発し、上新道《かみしんみち》、石鳥居、表参道を経て、神橋《しんきょう》のほとりにある御旅所《おたびしょ》にやってくる。そこで数々の神事をした後、行列を整えて東照宮に還《かえ》っていく。

もちろん子供の頃は、目の前を途切れることなくいつまでもいつまでも通っていくさまざまな扮装の行列に、目を奪われていた。

御鉄砲持《おてっぽうもち》、御槍持《おやりもち》、鎧武者《よろいむしゃ》などの中に知った顔がまじっていて、よく叔父と挨拶を交わしていた。行列の中にいる人はずいぶんと誇らしそうに見えたものだ。

宇都宮から日光は三十キロで、現在は高速道路ができたので、車をとばせば三十分もかからずに着いてしまう。気持ちとしても日光はすぐ隣りという感覚である。

奥日光の山々には数限りなく足跡を残してきたのに、私は子供の頃のその一度しか百物揃千人行列を見ていない。交通渋滞を極度に恐れていた叔父のことが、記憶の中にインプットされているからかもしれない。

日光東照宮は徳川家康を祀《まつ》り、豊臣秀吉と源頼朝を配祀《はいし》する。いわば天下人《てんかびと》が鎮座している。家康は元和《げんな》二（一六一六）年四月十七日駿府《すんぷ》（静岡）にて七十五歳で死去した。その直前の病床で、次のような意味の遺言をしている。

「先づ、駿河の久能山《くのうざん》に葬り、一周年を経て後、日光山に移せ。神霊《しんれい》ここに留まって永く国家を擁護し、子孫を守るべし」

朝廷では家康の神号を大明神にするか大権現にするか議論に沸いたが、東照大権現という神号が宣下《せんげ》され、あの豪華な社殿が造営された後、東照宮という宮号《ぐうごう》が宣下された。

こうして駿府の久能山から東照大権現の神霊を奉遷《ほうせん》してきた際の行列を再現したのが、渡御《とぎょ》祭《さい》の百物揃千人行列と伝えられる。

なぜ家康は神となって日光にきたのだろうか。風水の思想によれば、丑寅《うしとら》（北東）は鬼門として忌む。悪いものがそこから入ってくるのである。京都の北東には比叡山延暦寺があり、江戸の北東には東の比叡山である東叡山寛永寺《とうえいざんかんえいじ》が建立された。駿府の北東は、日光である。家康はここに鎮座して悪いものを防ぎ、徳川家の末代までの安泰を願ったのではないかというのが、私の仮説である。

2004.1

山に登ろう

朝起きて庭に出ると、いつも日光の男体山が見えた。雪に覆われ、半分から下が緑に包まれ、山の色によって季節の流れを知るのだった。学校に行くため道を歩いていると、高原山や那須連峰が見えた。反対方向に視線を転じると、筑波山がそびえているのだった。

山を見て、また山に見られて、育ってきた。故郷に帰って車や電車の車窓から山を眺め、帰ってきたのだなあと実感する。山こそが心の故郷である。故郷の山はいい。

先日、男体山に登ってきた。標高は二四八四（にしはし）と小学校の頃より覚えてきたのだが、最近二メートル高くなったのである。まさか山が育っていくと考え難いから、測量のやり方が変わってこうなったのだろう。現在の男体山の公式の標高は二四八六メートルである。

学生の頃には無我夢中で登ってきたのだが、最近は山の歴史をゆっくりと味わおうという心境になった。できるだけ高い山を、困難なルートで征服しようというのは、ヨーロッパに起源を持つスポーツ登山の考え方だ。

日本古来の山の味わい方は、人生の修養のための修行道場であり、森林浴など癒しのための山歩きであった。今度も何度目かに男体山に登ってみて、感じることがあった。

そもそも男体山は観音浄土とされていた。観世音菩薩が応現する聖地を補陀落《ふだらく》といい、この語感から二荒《ふたら》と呼ばれ、これを音読みにして日光となったのである。奈良時代末に勝道《しょうどう》上人は補陀落浄土に観世音菩薩を訪ねようとして、男体山登山を誓願したのである。

人跡未踏の原生林は、そう簡単には人を入れない。足に布を巻いた勝道上人は男体山登頂に何度も失敗し、十六年の歳月が流れた。写経と仏画を背負った勝道上人は、今度山頂を極めることができないならば、自分は悟りの境地には永遠に到達することができないのだと固い決意を持って、登り始める。

途中の山腹で疲労のため二日間休み、ようやく山頂に立つことができたのは、天応二（七八二）年四月のことであった。これが男体山の物語である。すべて山には、聖者たちの深淵な物語が秘められている。山に登るということは、古い物語を味わい、一歩一歩瞑想《めいそう》し、自らの修養をなすということである。

気持ちを持てば、山は誰にでも開かれている。みんな、山に登ろう。

幻のモミの原生林

2004.10

日光の志津《しづ》林道は男体山《なんたいさん》の北側をめぐる。日光市街地のはずれの清滝《きよたき》から、男体山の北側を迂回して、光徳《こうとく》牧場のあたりにでる。普段は鎖《くさり》がかかって閉鎖されているのだが、営林署に許可をもらってはいることになった。ようやく雪が降りはじめようかという頃で、シカの群れが集まる山があると聞いた。私たちはテレビの撮影にいったのである。

私は撮影隊と日光で合流したのだが、彼らが乗ってきた車を見て一抹の不安を持った。撮影のスタッフや機材を乗せたマイクロバスのロケ車が、四輪駆動というわけでもなく、特別の装備をまったくしていなかったからである。ウィンチまでとはいわないが、せめて四輪駆動車で雪道走行用のチェーンが必要であった。私はディレクターにそのことを伝え、ディレクターもロケバスの会社にいっておいたのだが、たかをくくってというのか、街を走るタイヤをはいた二輪駆動車がきたのであった。

現場でとやかくいってもしようがないので、そのまま私たちは山のなかにはいっていった。私たちを案内してくれる研究者のセダン型の四輪駆動車が一台ついてくれたので、本当に困ったらそれを使えば安心ではあった。土地の人に聞くと、かつて男体山の北側にはモミの原生林があって、風邪などを引くと樹液をとりにきたということである。樹液を湯に溶いて飲むと、少しぐらいの病気はすぐに治ったということだ。モミの木のシロップである。

土地の人がいうには、ところがその木はほとんど伐採されてしまったはずだから、見てきて欲しいということであった。そういえば若山牧水《わかやまぼくすい》の『みなかみ紀行』にも、奥日光の原生林を安易に伐採している荒涼たる光景が描かれている。人の薬にまでなり、限りない恵みを与えてくれたモミは、ほとんど残っていないのだろうなと私は思わざるを得ない。

志津林道は今や人はめったにはいらず、木材の搬出にも使われていない、険しい道である。雪が降ったら都会の車では走れなくなることは明らかなのだが、その雪がレースをかぶせたように白く砂利道にかかっている。しばしば立往生するロケバスの尻を押して、私たちは進んだ。

シカの山は、日当たりのよいテラスのようなところである。葉の落ちた裸木の間に、よくよく視線をこらすと、シカの姿がたくさんあった。山の生きものは山の色に溶ける。すぐ目の前なのに、シカの姿が五人に一人ぐらいはどうしても見えない。それがまた、おもしろいことだ。

モミは残っていなかった。群生していたのか、何本かの巨木があったのかよくわからないのであるが、ほとんど見ることができなかった。こうして山の姿が激しく変わっていったのは、ここ百年くらいのことであろうか。モミの原生林はすでに人の記憶の中にしかない。

案の定、ロケバスは雪のためにまったく動くことができなくなった。私たちは研究者の車で、日光湯元温泉に救助を求めに走らねばならなかった。失態であった。

春の日光の花

日光の春をまず告げるのは、山のあちらこちらに咲くアカヤシオである。紅色の花で、一般にはヤシオツツジと呼ばれ、栃木県の花に指定されている。まわりの樹木が冬から醒めず、固い芽をつけてまだ眠っている時期に、山麓に紅色の花が咲く。その色を見れば、心に火を灯したような気分になる。日光のどことはいわず、いたるところに見られる。高山から低山に降りてきて、季節の移動を知らせるのである。

日光の春は遅い。アカヤシオツツジが咲くのは、平野部ではソメイヨシノの桜がとうに散った五月である。山の緑がどんどん濃くなるにつれ、赤い色がもっと強いトウゴクミツバツツジが花を開かせる。淡い緑色を背景にすると赤が鮮明に見え、水辺にあるともっと映える。アカヤシオツツジもそうなのだが、トウゴクミツバツツジを見るためには、湯ノ湖畔から出発するとよい。道は戦場ヶ原を通り、湯川に沿ってつづいていく。やがて中禅寺湖に至り、湖畔の周遊路を歩くのがよい。春のこのコースなら、多少の季節の幅の中で、アカヤシオかトウゴクミツバツツジの盛りに出会うことができるだろう。清楚な中禅寺湖の水を背景に、精一杯に咲き誇った山の娘のようなトウゴクミツバツツジの花を眺めていると、春の中に自分はいるのだと

2006.3

いうしみじみとした喜びに満たされてくる。

中禅寺湖畔にはもう一つ、春の到来を力強く伝えてくれる花がある。オオヤマザクラである。里のほうは桜といえば派手なソメイヨシノばかりになってしまったが、オオヤマザクラは力一杯に咲いても控え目である。一度に咲いて一度に散っていくソメイヨシノは江戸時代に開発された交配種で、日本古来の桜はこのヤマザクラなのである。オオヤマザクラは紅色なのでベニヤマザクラとも呼ばれるのだが、ひそやかな気配をたたえた桜に違いない。私はこのオオヤマザクラを見るためにも、中禅寺湖畔を散策するのである。

桜が終った頃、春の奥日光で見落とせないものがある。湯ノ湖畔のアズマシャクナゲである。湯ノ湖西岸に大群落となったアズマシャクナゲは、年によって花のつけ方が大きく違う。また一つひとつの花で濃淡が変化しているのが、アズマシャクナゲの特徴である。高山植物は一般に控え目で、このアズマシャクナゲにその要素がないとはいわないが、一年を通しての花のうちでも最も派手なのではないだろうか。それでももちろん透明感を失っていないのが、高山植物としてのアズマシャクナゲの美風というものだ。

すでに奥日光は花盛りである。アズマシャクナゲの群生地は、もう一つ中禅寺湖西岸にもある。この花は日当たりのよい場所ではなく、山陰の寒いようなところを好む。かたくなな感じのする花なのだが、数ある花のうちでもとっておきの美しさを見せているのではないだろうか。

日光いろは坂の紅葉

2006 秋

男体山の上のほうから、中禅寺湖に向かって、紅葉はゆっくりと降りてくる。また奥日光の湯ノ湖あたりから、紅葉は移動してくるのだ。この変化が、私にとっては秋の深まりである。

モミジやハルニレやカツラなどの広葉樹が多いので、錦繍《きんしゅう》と呼ぶのにふさわしい。赤と黄色が見事に織りなされ、全体とすれば黄金色の印象だ。またツルウルシが燃え上がるように真っ赤に色付き、いかにも秋らしい気配を伝えてくる。

いろは坂のドライブは、秋がどのあたりまできているかよくわかるのである。幾種類かの秋の中を走り抜けてくるといってよい。真っ盛りの秋の色の中を通って、男体山の雄渾《ゆうこん》な山容に接すると、冬も近いのだなと感じる。

宇都宮で生まれ育った私は、男体山の山の色で季節の変化を感じたものである。朝起きてはいった便所の窓から、男体山をしみじみと眺めた。雨が降ったりして見られない時には、淋しい思いをしたものだ。山が白くなって真っ先に冬がやってきたことを知り、夏は山の中頃から下のほうが深い緑に染まり安心感を与えてもらったものである。秋はゆっくりと降りて近づいてくる季節の流れが見えた。

いろは坂は、何度ドライブしたか数えられない。紅葉の中で長蛇の列を形成したこともあるのだが、まわりが美しいので過ぎてゆく秋を惜しむ気持ちが生まれ、渋滞も悪いものではないと思えた。紅葉の中にいつまでもいたいと思ったりもする。

実りの秋は、いろは坂の周辺に生息する猿の群れにとっても、生きやすいのである。ミズナラやブナになったドングリを食べるのに、猿たちは忙しい。早く食べなければ、秋はたちまち通り過ぎていってしまうのである。普段は渋滞した車のまわりに餌を狙って群がる猿の群れも、そんなことはしていられないとばかりに、木の実を食べるのにおおわらわだ。本来の猿に戻ったのである。

日光の秋は、壮絶なほどに美しい。山の紅葉が始まる前、まだ樹木が緑の色をたたえている頃、中禅寺湖の水の中では一足先に紅葉の彩りがやってくる。ヒメマスの身体が婚姻色で真っ赤に色付く。身体の色を鮮やかにするのは雄のほうで、卵を持った雌が雄の美しさに魅かれてカップリングを許し、産卵行動をする。美しく強いものしか、未来に向かって遺伝子を残すことはできないのである。

中禅寺湖を海とし、浅い川を遡って産卵をするのだから、命懸けとなる。死を懸けた旅をするヒメマスは、せめて身体を美しく装うために、死化粧をしていく。秋は生と死とが交差する季節である。山の紅葉も、散ったその後からは厳しい冬がやってくるのだ。

いろは坂をドライブしながら、秋には誰でもが詩人になる。実際には詩の一篇もひねり出すことはできないにせよ、気持ちばかりは詩人である。それが絶頂の美しさの持つ力というものなのだ。

2004.7

江戸の華開く烏山の山あげ祭

栃木県烏山《からすやま》町の山あげ祭は、路上での芝居見物の醍醐味《だいごみ》のある豪華で、盛大な祭りである。七月下旬の三日間、真夏の光が跳ねるアスファルト道路が、通行止めにされる。そこに「地《じ》ん車《ぐるま》」と呼ばれる車が、祭りの法被《はっぴ》を着た若衆《わかいし》たちに引かれて走ってくる。人通りもあまりなかった道路に、いつの間にか人があふれている。

拍子木《ひょうしぎ》を合図に、若衆たちが「地ん車」にのせてきた舞台や花道や山を手際よく組み立てていく。ここからショーは一気に最高潮へと向かっていくのである。

山を上げるところから、山あげ祭の名が起こった。竹の網代《あじろ》を編み、烏山特産の和紙を幾重にも貼《は》って、舞台装置をつくるのである。最も大きいのを大山《おおやま》と呼び、高さ十メートル、幅八メートルもあるものもでる。小さな山もうまく配し、遠近をつける。道路は幅に限界があるのだが、奥行きは無限といってもよい。遠くまで山があることが、屋内の劇場にはない独特の舞台効果をつくるのだ。こうして統制のとれた動きで若衆が舞台をつくっていくのが、まず見事なのである。

常磐津《ときわず》の本格的な三味線の演奏がはじまり、雰囲気が盛り上がったところで、役者が登場する。役者は若い娘だ。娘歌舞伎が演じるのは、「将門《まさかど》」「戻橋《もどりばし》」「戻駕《もどりかご》」「宗清《むねきよ》」など、江戸歌舞伎の本格的な演目である。役者は大体高校生ぐらいの少女で、大人の男の役者が演じる江戸歌舞伎とまた違い、独特のみずみずしい色香が漂う。そこがたまらない。

農村歌舞伎は各地に伝わっているが、きちんとした常磐津がつくのは珍しい。鳴り物にしろ役者にしろ、舞台をつくる若衆にしろ、一年間の精進《しょうじん》のたまものなのである。三日間の晴れ舞台で、すべてを出し切ろうと熱演するのが気持ちよい。役者は本物の鬘《かつら》や衣装《いしょう》を着けているので、真夏の日差しに暑そうであるが、汗だくの熱演が人々の感動を誘うのだ。そこにまた若い色気がかおる。

木頭《きがしら》が拍子木を打つのにあわせ、背景の山がどんどん変わっていく。この背景の変化が、劇的な要素をはらむ。役者は舞台の上で地声で科白《せりふ》をいっている。一場を演じると、舞台も花道も山も素早く畳まれて「地ん車」にのせられ、次の場所に移動していく。

江戸歌舞伎をそのまま持ってきて、中身を娘歌舞伎にいれかえたところに、烏山の人たちの心意気を感じるのである。特産の和紙と広大な田んぼによって、烏山は豊かな土地であった。和紙や米は那珂川《なかがわ》の水運によって江戸へと運ばれたのである。この地に歌舞伎を基本にした祭りが残っているのは、江戸と直結していたことを意味している。紙屋の旦那《だんな》たちが、江戸の華やかな文化を舟で持ってきたのである。

この江戸の華は烏山の人たちによって代々大切に伝えられ、今も真夏に大輪の花を咲かせるのである。

2005.8

雨の赤城山

登山をするのに雨が降るのは仕方のないことだが、赤城山に登ろうとする朝、激しい雨にみまわれた。少しぐらいの雨なら合羽を着ればいい。だが台風がそばにあるので、豪雨といった趣きであった。登山口のそばの駐車場で待ち合わせをしたものの、外にも出られずどうしようもなくて、山仲間の知合いの山荘に避難した。窓から眺めても、雨の勢いはいっこうに休まる気配がない。

もちろん天気予報は知っていた。雨台風の余波で不安定になっている悪天候の間を縫い、赤城山の最高峰の黒檜《くろび》岳に登るつもりだった。赤城山は巨大な山塊の総称である。裾野は二十キロメートルにもおよび、麓には大養蚕地帯がひかえている。水田も多く、これら農業のための水源になり、命を養う根元なのである。そのために多くの人々の信仰を集めてきた。ごつごつとした山塊の峰には、当然一つ一つに名前がつけられている。黒檜岳（一八二八メートル）、駒ヶ岳（一六八五メートル）、地蔵岳（一六七四メートル）、薬師岳（一五二八メートル）等々である。これだけの峰々が集まると、なるほど立派な山容になる。

その時の山仲間の一人は麓の農家で、若い時から森に仕事に入り、赤城山のことは知りつくしている。このところの大病から復帰し、今回山に登ることが楽しくて楽しくて仕方がないといったふうだ。

「五月八日の山開きは、赤城神社のお祭りだからね。山の尾根という尾根、沢という沢には全部人が歩いていて、このあたりもいっぱいの人だったよ。尾根から眺めるとどこもかしこも人ばかりで俺の通れるところねえと思っただろうね」

雨のやむのを待って茶を飲みながら、その人は遠い日の赤城山を思い出していた。もちろん今でも見事な山容を見せている赤城山だが、昔はもっともっと生活の中心にあったのだと、その人はいいたかったのだろう。その人はこうして赤城山の山中にいるのが嬉しくてたまらず、話さなければいられないのだ。

「赤城山の水が流れてきて、それに生かされているので、赤城が神様だと父親にはいわれてきたよ。遠くから見ると山の形までは変わらず、子供の頃から見た山と同じだなあと思うんだ。でもね、泣きたくなるほど山は変わったよ。道路ができて便利で嬉しいけど、山は乾燥してしまった。人の手が加えられて、どこもかしこもきれいになりすぎた。こんなに雨が降って大沼の水があふれ、沼尻川の水が好きなように流れて、麓を潤したんだ。水はとにかく豊富だったよ。サルオガセがたくさんあった。腐った木が、どういうわけなのか夜は光ってたよ。鼻を摘まれてもわからない濃い闇は、もうなくなってしまった」

かつては闇が深く、そのぶん光も強かったのだ。闇の中には魑魅魍魎《ちみもうりょう》が住んでいて、時々人の手伝いをしたり、悪さをしたりした。そんな森の深ぶかとした雰囲気をつくっていた一つが、サルオガセだったのだ。サルオガセとは高い木の枝に網をかけたようにぶらさがっている、深い緑の苔である。これがあると深山らしい趣になってくる。私はニュージーランドのミルフォード・トラックの森や、国後島やシベリアの森で見た。雨が降ると、この網は雨粒を受け止めるようにして水を溜める。それまで乾いて縮こまっていたのが、とたんに生き生きする。森の保水は木々の根元にあるばかりではなく、樹上のこのサルオガセにもあるのだ。そんな貴いサルオガセは、赤城山ではもう見ることはできない。日本中の山から消えてしまったのだろうか。

栃木県宇都宮市で生まれ育った私は、日光の山々を見て育ってきた。毎朝トイレの窓から山を眺め、いい日だなとか悪い日だなとか思ったものだ。私の学生の頃からのフィールド・ワークの山は主に日光で、その背中合わせにある赤城山は見ることができなかった。日光連山の中心にあるのは男体山だ。男体山には中学の頃より幾度となく登った。心の山を一つ選べといわれたとしたら、私は日光の男体山を選ぶ。

その男体山（日光二荒《ふたら》神社）の神と赤城山の神とが戦争をしたという話は、子供の頃から幾度も聞かされた。戦さの発端は水争いであった。天から降ってくる雨が本当の水源なのだから、男体山と赤城山も水源を共有しているということになる。

男体山の麓には中禅寺湖という大きな湖があり、余った水はここに溜めておけるので、水に困るということはなかった。森林も奥行きが深く、たっぷりと水を貯えておくことができたのだ。男体山の豊かな水がうらやましく、赤城山の神は水を盗みにいった。ところが見つかってしまい、少しでも水をもらおうとして二度すくって投げた。一つは大沼になり、一つは小沼になった。中禅寺湖に比べれば小さな沼ではあるが、赤城山の水源にも水量調節の池ができたのだ。日光の男体山の神は、水を盗むという赤城山の神の行為がどうしても許せない。そこで戦争が起こった。

赤城の神は大百足《むかで》になり、日光の神は大蛇になって、お互いを滅ぼそうと戦いをはじめたのだ。血で血を洗う戦場になったのが、男体山の麓の戦場ヶ原である。戦場ヶ原の土は泥炭層のためなんとなく赤いようにも見える。立木も血で染まり、そこからアカギの名も起こったそうだ。

最初は赤城の神が優勢であった。追い詰められた日光の神は、鹿島神に加勢を頼んだ。日光二荒山神社と鹿島神宮とは、なんらかの結びつきがあったのだろう。結局鹿島神の眷属《けんぞく》の小野猿麻呂が日光神の味方をした。猿麻呂は弓の名手である。大百足の姿で攻めてきた赤城神の片目を猿麻呂が射抜き、戦いの決着がついた。赤城神は逃げて老神《おいがみ》温泉で目の傷の治療をした。そこに日光神が追っていったから、老神（追い神）という。

昔話や伝説は遠い時代の人々の記憶である。二柱の神の争いは、歴史に現われない古代の豪族の争いであったかもしれないし、自然現象のうちの災害が起こったのかもしれない。地名に痕跡をとどめているのは、二つの山の関係を示しているからだ。

私は宇都宮高校時代には弓道部に入っていたから、毎年夏には「扇の的」と呼ばれる大会に出場した。中禅寺湖の沖合いに一艘の小舟を停め、棹の先端に日の丸を描いた扇を立てて的とする。栃木県は那須与一の出身地でもある。平家物語に登場する源氏の武士那須与一は、敵平家が屋島合戦の折に沖合いに浮かべた舟の棹の先の的を、見事に射抜いた。その故事にならった大会なのだとの説明を受けていたが、二荒神社の前の浜から沖に向かって射る矢は、赤城山に向かっているように感じる。毎年一月四日、日光二荒神社では赤城山に向かって矢を放つ神事が受け継がれてきた。赤城神社でも、飛んでくる矢を受けとめる神事があったということである。

私たちが雨の上がるのを待っている山荘の大洞《だいどう》には、大沼湖畔にかつて赤城神社があった。これを大洞赤城神社といい、今は旧赤城神社という。

本来赤城山そのものが信仰の中心であり、山は遠くから遥拝するものであった。まず人々が生活している麓に里宮ができて御神体山である山を遥拝し、それでは人は満足しなくなって山に登ろうとする。登ることが祈りであった。山上遥拝がさかんになると、御神体の近くに祈る場所が欲しくなるものだ。大洞神社が大沼湖畔に建立されると、これを里宮と呼ぶようになった。

山麓で荘園が多様に開かれてくるにつれ、それぞれの場所に里宮がつくられる。赤城山麓には七十八社の里宮があり、一つ一つそれぞれに由緒と思いとがあり、本来は優劣があるわけではない。里宮から御神体に向かって参拝道がつくられ、奥宮に近づくにつれ本道が定められていく。

麓の木暮《こぐれ》集落には、大鳥居がある。木暮の大鳥居の俗称で親しまれている、コンクリート製の赤く着色された二本足の巨大な鳥居である。本来は足が六本の宮島型の鳥居があったのだが、この道路が赤城山有料道路につながることになり、交通量が増えるので、拡幅の必要に迫られた。大型バスが対面ですれちがえなければならないとされ、昭和四十三（一九六八）年に旧鳥居は大沼湖畔の大洞赤城神社に移され、代わってコンクリート製の大鳥居が建てられた。鳥居の型をしているならよいだろうと、様式など無視されたのだ。

大洞赤城神社に移築された本来の鳥居は、雪と霧のために朽ちてきて、そこが居場所ではないとされた。結局木暮の里に戻され、小さな木暮神社の鳥居とされた。鳥居だけがまことに立派だという不釣合いさである。

たくさんの里宮があり、御神体は黒檜岳だという赤城山には、本来どれが本道ということもなかった。ケーブルカーが時代の花形として登場すれば、ケーブルカー駅にむかう道が本道になる。最新の高速道路が開通すれば、そこが本道になる。赤城山にも幾時代かが通り過ぎていったのである。

激震というべき最も大きな変化は、大洞の赤城神社の移転である。旧赤城神社と呼ばれる旧地は、人もめったに訪れることもなくなり、石段や石碑はすっかり苔むしている。草木が生い繁り、遺跡としかいいようのない風景になっている。もちろん社殿や門などの撤去できるものは運び去った。事情がわからなければ、神社がなくなるのは何事かと誰もが驚くはずである。

大洞赤城神社は、御神体黒檜岳の遥拝所である。大沼の湖畔に立つと、そのことはよくわかる。赤城連山の第二の標高の地蔵岳を降りて鳥居峠から一直線にこの峠にきて、自然と沼を拝むようにできている。沼の向こうに黒檜岳が聳え、背後には赤城神社の立派な神殿がある。旧赤城神社のまわりは、かつての大沼周辺の面影を残す原生林だ。ここで人々は自然の神秘に心をうたれたのだろう。その証拠に、昔の人が寄付して建てた立派な石碑が、旧赤城神社にはたくさん残っている。

どうして神社が移転してしまったのだろうか。旧赤城神社のあたりは赤城山観光にとっては一等地で、開発公社が金を出して対岸の小鳥ヶ島に移転させたという。昭和四十年代の頃の話だ。その頃には自然の摂理ということよりも、経済開発による目先の利益のほうが大切だったのだ。荒廃した旧赤城神社に立つと、あの頃の日本人は神も仏もいらず、祖先たちとともにつくりあげてきた精神世界などよりも、現実的な経済のほうがよほど大切だったのだと悲しい思いで感じる。愚かさを後世に伝えているといわれても、仕方のないところであろう。その場所に結局リゾートホテルは建たず、遺跡と空地ばかりを残している。

奈良時代の大同《だいどう》元（八〇六）年、黒檜岳山頂からこの地に御神体を移したときから、大洞《だいどう》というのだと伝えられている。里宮、中宮、奥宮とそれぞれの場所から一直線に参詣できるようになっていた山上曼荼羅は、狂いが生じたというよりも、悪しき力に破壊されてしまったといっていいだろう。

私は旧赤城神社の裏手の遥拝所に立ち、御神体に参詣したかったのが、黒檜岳は黒雲に包まれて見ることはできなかった。

このあたりが水源である。黒檜岳はかつて「黒穂の嶺呂《くろほのねろ》」と呼ばれていた。黒い雷雲が立ち込めるということだ。雲は雨を降らせる源であり、雷も生命のエネルギーの起源なのである。

雨はいっこうに降りやまず、雨脚が弱くなった気配もない。時間も過ぎてきたし、雨をついて登るか断念して帰るか決断しなくてはならなかった。この雨では黒檜岳は危険で無理だが、地蔵岳なら可能である。それなら地蔵岳に登るのにも意味があるだろうと考えた。

地蔵は究極の救いの仏である。地獄で苦しんでいる衆生のもとに、救いの菩薩として現われるのが地蔵なのだ。地蔵は人を救うために、壮大な誓願を立てた。釈迦が入滅して、救い主のいない無仏の時代になる。弥勒が出現する五十六億七千万年後まで、地蔵は修行すればなれる如来にはあえてならず、菩薩の身のまま地獄にとどまる。そして、苦しむ衆生を救って救って救いまくろうとの尊い誓願を立てたのである。地蔵はたしかに苦しい時に出現してくれるのだ。

地蔵岳のまわりにも、地蔵が身を置く地獄らしい山上曼荼羅がつくられている。これを巡るのが人の楽しみなのだが、私たちはそれどころではない。地図で三途の川や、血の池や、地獄谷があることを知るばかりである。大沼と小沼の間にある八丁峠に車をとめ、大雨のなかを気合をいれて歩きだした。

かつてその峠には、ショウカツ婆さんと呼ばれていた奪衣婆《だつえば》の石像があったそうである。奪衣婆とは地獄に落とされてくる亡者の衣を剝ぎとり、針の山やら血の池やらに追っていく鬼女である。地獄では最も恐れられる存在だ。そのショウカツ婆さんの石像がいつの間にか盗まれたという。今頃誰かの家の庭先か、骨董屋の店先に、飾られているのだろうか。地獄の鬼女さえも盗んで、金にしてしまう時代である。写真で見るかぎりユーモア漂う表情のショウカツ婆さんの居場所はなく、この現代社会は地獄よりさもしくせちがらい、恐ろしい世界になったのだ。

雨は降りつづいている。雨の勢いはますます強く、麓から川の流域一帯に恵みをもたらすことは疑いはないのだが、登山はまさに難儀で、私は悪業を積んだことへの罰を与えられているような気にさえなっていた。

足元は砂地で、これまで数え切れない人が歩いたために、道はすり減って窪地になっている。歩き難いはずだが、道全体にかぶせて木製の階段がつくられていた。階段ができる前はこの砂地を跳ぶように降りてきたのだろうが、登りは足元がずり込んで歩行も困難だったはずである。

階段があまりにしっかりとつくられているために、どうも物足りない。ああすればこう思うで、人間とは勝手なものである。豪雨が階段をも楽しませてくれると思ったほうがよいだろう。

やがて土の道になった。斜面には溝が掘られ、水が流れているのでそこは水道《みずみち》だということがわかる。まさにここは水源なのだ。山に降った雨の流れをつくり、水を少しでも自分の村の方向に導こうというのである。赤城山に降った雨は一滴も無駄にせず、自分たちの生活の役に立てる。それが信仰心ということなのだ。赤城山そのものが神なのである。この神は限りない恵みを与えてくれるのだから、人も心して向き合わなければならないのだ。

雨に濡れそぼった道の両側には、恵みの水が天から落ちてくることを祝福するかのように、花が咲いていた。白はツリガネニンジンとミネウスユキ草、薄紫はオダマキ、桃色はシモツケ草とワレモコウ、紫はマツムシ草である。白といっても紫といっても、もちろん微妙に色調は違う。これらの花はまるで水の中に咲いているかのようなのだった。花の香りを染み込ませた慈悲の水が、山の下に流れていく。

足元はガレ場になった。じきに山頂に着く。大雨の中で歩く速度も遅く、八丁峠から約四十分かかったことになる。周囲の展望は完全に遮られ、風と雨に乱暴に吹きつけられて、荒涼とした岩場に立っていた。

とにかく山頂に立ててよかった。

2007.9

雨の尾瀬へ

尾瀬が日光国立公園から分離独立し、二十九番目の尾瀬国立公園が誕生するという。久しぶりに尾瀬にいってみるかという気分になった。一番新しい国立公園には多くの人が向かうだろう。

これまで私は福島県の檜枝岐《ひのえまた》の方向からは何度もいったことがあるのだが、群馬県の鳩待峠のほうからはいるのははじめてであった。今回の行程は、鳩待峠まで車でいき、尾瀬ヶ原に下りて東電小屋で一泊し、白砂峠から尾瀬沼にでる。沼山峠から檜枝岐にいくというコースで、ほぼ尾瀬の全容を見るということになる。

その日、梅雨前線が停滞し、雨が降っていた。降れば合羽を着ればよい。尾瀬は燧ヶ岳や至仏山に登らないかぎり激しいアップダウンがあるわけではなく、湿原なので、雨にはよく馴染むところである。

　尾瀬のことはよく知っているはずなのに、これからいくのだと考えただけでわくわくする。鳩待峠には大型バスもはいってくるのだった。尾瀬という柔らかなイメージに誘われて、街を歩くそのままの服装と靴でくる人が時たまいる。雨の中を傘をさして歩いているのだが、いかにも難儀そうである。鳩待峠から歩きだすと尾瀬ヶ原がはじまる山ノ鼻までほとんど下りで、つまり尾瀬ヶ原を歩いて戻ってくると、ほとんど上りということになる。すれちがう人の多くが、なんだか苦しそうなのであった。尾瀬といえど山なのだから、それなりの支度は必要である。

　このところ私は、自分の故郷の栃木にある奥日光を舞台にした小説を書いていた。尾瀬まで含む地図を机の上に広げ、何日も何日も眺めてきたのだった。栃木の人間とすれば、尾瀬国立公園の日光国立公園からの分離は、少々悲しくもある。尾瀬国立公園は群馬と福島と新潟と栃木にまたがり、数パーセントの面積は栃木だと聞かされてもである。

　私の書いている小説は、『日光』という。かつて日光は観音浄土の補陀落《ふだらく》と呼ばれていた。二荒を「にっこう」と呼んだのは弘法大師空海だという伝承があるが、定かではない。

　奈良時代末の僧勝道《しょうどう》は、観音浄土補陀落山に参拝しようと発願し、失敗に失敗を重ねながら十六年間を費し、「われもし山頂にいたらざれば菩提にいたらず」との誓いを発して最後の試みをする。身心を捨てて山頂に立ったのは、天応二（七八二）年のことである。その間、人が誰も見たこともなかった清澄な中禅寺湖を発見する。

小説『日光』は勝道からはじまる奥日光の歴史を根底にし、千二百年の歴史を含んで現在の恋愛小説に至るのだが、その途中で奥日光の千手ヶ浜に住んだ仙人のことを丹念に書き込んだ。

「別に霞を食べて生きてるわけじゃないんだけど、よっぽど浮世離れして見られるんだべね」

私は仙人からこんな言葉を直接何度も聞いたことがある。仙人は伊藤乙次郎といい、戦前にできた「東京アングリング・アンド・カントリー倶楽部」の釣り場の管理人であった。日本の夏は蒸し暑い。その気候が苦手なヨーロッパ人たちが、イギリスの湖水地方になぞらえた避暑地を奥日光につくろうとしたのだ。内容は釣り場とゴルフ場だったが、ゴルフ場はできなかった。仙人はホンマスやニジマスを養魚場で育て、釣り場に放流する仕事をしていた。戦争で倶楽部が解体した後も千手ヶ浜に残り、腰を据えて暮らしていた。そのおかげで奥日光の自然は守られたと私は考えている。

ちなみに、日光には三度の読み替えがあったというのが私の意見だ。大自然そのものだった男体山に勝道上人が登り、修験道の聖地としたのが、日光が人間の側に寄り添ってきた最初である。次に徳川家康が自分の墓を日光につくれば、ここで徳川家の子孫たちを守護しようと遺言し、日光東照宮が建立されたのが第二の読み替えである。どうして日光が家康に選ばれたかというのは謎だが、私見を述べさせてもらう。日光は徳川家の拠点の駿府から見ると、北東の方向にある。十二支にあてると丑《うし》と寅《とら》の中間の丑寅《うしとら》となり、陰陽道などでは鬼門の方角として忌む。悪いものが侵入する方角なのである。家康はこの鬼門にいて、子孫たちを守ろうというのだ。

第三の読み替えがヨーロッパ人たちによるリゾート開発だが、これが今日の国立公園に直接つながる。文化の基底をなす修験道も東照宮も、国立公園の要素である。

地図を見れば尾瀬は日光山系につながっていて、かつては日光の猟師たちが獣を追ってしばしば尾瀬までいったようである。日光の仙人も十回以上はいったという。金精峠を越えて丸沼にでて、四郎峠を越えて相羽沢というところにでて、一日でいったという。最初は道もわからず、尾瀬に人がいるかどうかも知らず、方向だけを頼りにとにかくいってみようとでかけたのだ。伊藤乙次郎著『森と湖とケモノたち』（白日社）にはこのように語られている。

十一月の十日頃だったかな。だから、こっちに雪はなかったんです。出だす時は。途中で降られはじまって、鬼怒沼で降られてねえ。で、あれから黒岩の峰を行ったんだけど、あれ長いからね。途中から、えらい吹雪になっちゃった。それこそ胸で歩くように泳ぐように降っちゃったわけ。そいでね日が暮れちゃった、途中で。そいでも尾瀬へ、尾瀬らしいところへ出るには出たんだけど、吹雪で、どこが沼だか、陸だか分かんなくなっちゃった。それで、ちょうど、いま、長蔵さんのお墓があるでしょう、ヤナギランの丘ってところ、そこへ野宿したんだ。すぐ向こうに、小屋があるの分からなくてね。
下手に歩けねえでしょ、どこが沼だか分かんねえから。

なんともすさまじいことである。翌朝木立から出たら小屋があり、平野長蔵が軒下の雪掻きをしていた。仙人たち三人の姿を見て飯を食べていけと小屋に上げてくれ、うさぎ汁を出してくれた。そんな格好でこの時期に尾瀬にきちゃ駄目だといわれ、輪かんじきをはいた人に戸倉まで送ってもらった。

その本には後年、燧ヶ岳に登った時のことが語られている。酒の好きな人がいっしょだったのだが、長蔵小屋にいくと酒が切れていた。そばに気のよい人がいて、檜枝岐まで酒を買いにいってくれて、一日がかりで担いできてくれた。あまりの親切さにみんながあきれていると、翌日もいってくれた。しかし、帰ってきた時には小屋がかわっているといったら、こんな答えだった。

そんなふうに言ったら、「なに、持ってってやるよ」なんて簡単に。東電小屋まで、また背負って来てくれるんだから。たまげちゃって、檜枝岐から入ってた若い衆で、なんぼ人がいいったって程度があるってわけで。そんなだったですよ、檜枝岐の人ってのは。日光あたりじゃ、とても考えられないほど。あれあの時分の道で、沼山峠越えて檜枝岐まで五里っていったんだから。それ行って来て、こんだまた二里あるってとこ、届けてくれたんだから。

古い良き時代の話である。そんな時代を通り過ぎて、今も私たちの目の前に尾瀬がある。山ノ鼻から先は木道がつづいている。尾瀬の木道は国産の唐松を使うことになっていて、もちろん防腐剤を塗るわけにはいかないから、耐久年数は約五年である。尾瀬全体に張りめぐらされている木道は、たえず補修や交換作業をするということになる。膨大な古材は今日ではパルプになり紙に生まれ変わるということだ。

雨に煙る尾瀬ヶ原はそれはそれで優美であった。七月上旬は、ミズバショウはおおむね終り、ニッコウキスゲにはまだ早い。それでも尾瀬には九百以上の植物があり、交代で今を盛りと花を咲かせる。

全体には白い花が多い季節であった。これからニッコウキスゲやレンゲツツジやコオニユリやノアザミやサワランの赤系統の花が盛りを迎えるのだが、尾瀬ヶ原はまだ春の気配を残していた。ワタスゲが雨に濡れそぼって困ったような様子を見せている。咲き終ったミズバショウが、流れる水の底に溺れるように沈んでいる。季節はとどまることなく流れていて、降る雨の音は季節の流れる音とも聞こえるのだった。

マイヅルソウが元気だった。ツルが求愛する姿を連想させるからこの名がついた。一つ一つの花に物語がある。コバイケイソウはボリューム感のある若芽がおいしそうで、実際に間違って食べる人もいるそうだが、アルカロイドを含んで有害である。花に四年から五年の豊凶があるとのことで、今年は豊年だ。コバイケイソウ、ハリブキ、ユキザサ、タニウツギ、カキツバタ、ヤマドリゼンマイ、ウラジロヨウラク、ヒメシャクナゲ、一つ一つの植物の前で足を止めていると、いっこうに前に進まない。食虫植物モウセンゴケも虫が飛ばないので仕事がないとばかり、水の中に眠っている。ここには生きものの数だけの生き方がある。

湿原はそれ自体が水源である。ここにたまった水が少しずつ流れだすので、川に水が枯れることはない。尾瀬がびしょ濡れだということは、天地がうまく調和を保っているということだ。東電小屋に泊まった翌朝窓を開けると、至仏山を背景に登山口の正門でもあるかのように虹がかかっていた。雨はやんだのである。私たちは尾瀬沼に向かって歩き出した。

2002.1

はじめての海

母が毎晩寝床にはいったときにいう言葉を、私はいつでも目に甦らせることができる。それはこんなふうであった。

「ああ、寝るのが極楽。寝るのが極楽」

一日働いて、ようやく休息がとれたと思ったら、就寝の時間ということである。床にはいり、目をつぶってしまえば、心から休まるということなのである。

私が子供の頃には、旅行などにはめったにいかなかった。せいぜいが近くの温泉地に日帰りをするくらいであった。ごくたまにのことであるが、一泊ぐらいの旅をすることもあった。子供の私は、珍しいし、家以外のところで眠るなど、特別のことであった。旅行が終り、私は家に帰ってしまうのが残念でならないのであるが、父も母も鍵を開けてなかにはいるなり、そろってこういうのである。

「ああ、家が極楽。家が極楽」

自分が住んでいる家が最高だというのである。慣れたところが安心だというのであろうが、そのことが子供の私にはどうしても理解できない。家以外のところ、親戚の家でもなく、旅館に泊まるなど最高のことではないだろうか。

今は多くの人が旅によくでる。旅への誘惑はいたるところにあり、覚悟などするわけでもなく簡単に旅にでる。しかし、私の親から上の世代の人は、めったに旅に出ることはなかった。旅は人生にとって大きな出来事であった。覚悟もなく旅にでることは考えられなかったのである。

昔は旅の計画があるにしても、半年も前から予定は決まっていて、ずいぶんと早くから準備をしたものである。荷物をたくさん持っていき、日帰りの遠足でさえ菓子をあれこれと選んで持っていった。旅は人生のうちでも重大な出来事であったのだ。

私が子供の頃にした旅で、最も印象に残っているのは、足尾にいる叔父夫婦とした旅であった。私の母と叔父とは従兄で、叔母は妹である。従兄同士で結婚したという、私から見れば血の近い親戚である。

そもそもが足尾の坑夫の家系であったが、足尾銅山が閉山した後は、足尾にとどまって古物店をやっていた。山の中の足尾から見れば平地の宇都宮で生まれ育った叔母は、結核を発病して長い療養生活を送っていた。その叔母の病いが全快し、一夏を茨城県大洗海岸で過ごすことになった。叔母夫婦には幸子という娘がいるのだが、まだ一歳ぐらいの幼児で、せっかく海にいくのでもったいないから私も連れていってくれるということになった。

栃木県は海のない県である。小学一年生の私は、それまで海を見たことがなかった。父や母といく旅行は、那須や塩原の温泉地が多かったのである。

おそらく宇都宮駅に近い叔母の実家に集まり、そこから出発したのであろう。宇都宮駅から東北本線で小山までいき、水戸線に乗り換えて水戸までいく、水戸で私と幸子が不安そうにベンチに腰かけている写真が残っている。宇都宮と水戸は直線距離でおよそ七〇キロで、今の感覚なら車でひと走りなのだが、当時は蒸気機関車で遠かった。

水戸から大洗まではバスでいく。バスが走っていくにつれ、海のにおいがしてくる。それが気持ちのよいことなのである。もっとも当時の私は海のなんたるかを知らなかったのだから、海のにおいもわからなかったはずである。

大洗海岸の磯は岩で、波は荒く、波が岩に砕けて空高くに波しぶきが上がる。大洗という名前で、そこがどんなところかわかる。その荒磯に面したところに、旅館がならんでいた。部屋の窓を開けると、海を一望することができた。

青い海は、生きて動いていた。光を底まで吸っていた。あんなに大きなものを、私ははじめて見たのである。山は暮らしのなかから見ることができたのであるが、海については私は小学一年生のときにはじめて見たのであった。本当に、あんなにも大きなものははじめてだった。しかも、呼吸をするようにうねり、生きているのである。はじめて海を見た時の衝撃を、私は今でもうずくように思い出すことができる。

病み上がりの叔母は白い顔をしていて、もちろん海で泳ぐわけではなく、控えめに静かにしていた。叔母の態度が、エネルギーに満ちた海の様子とは、まことに対照的であった。叔父とすれば、この圧倒的な自然の力によって、叔母のやっかいな病気をことごとく払いたかったのだろう。

大洗海岸の今の旅館のあるあたりは、まるで砂丘でも形成されているかのように、盛り上がるほどに砂があった。太陽の熱によって灼かれた砂は熱くて、ござを敷いたところから波打ち際に向かって意を決して駆けていくのだが、足の裏が熱くて、あわてて駆け戻っていく。

海は恐ろしいといわれていたし、自分でもそのように感じていたので、もちろん浅いところでしか遊ばなかった。それでも足首をなめる波に、海の中に引っ張り込まれるような気がして恐ろしかった。波の上では、浮き輪にのってたくさんの人が遊んでいた。

ふと目を上げると、青空と触れあうあたりの遠くに水平線が見えた。水平線はくっきりとした光の線なのだが、その手前の海は生きて動いている。私は波打ち際にしゃがみ、いつまでも海を見ていた。

はじめての海は、私にとってはあまりにも鮮烈であった。あの海が今でも私の精神のなかにあり、私に海においでと呼びかけをなしているようにも感じる。あの海は今まで見たうちで最も明るく、最も大きく、最も美しいのであった。

2002.12

消える都市景観の魅力

相変わらずあちらこちらと旅をして暮らしている私であるが、最近は旅の楽しみがずいぶんと失われてきたように思う。車で走っていて、今どこにいるのだったか分からなくなることが、しばしばある。つまり、全国どこに行っても景色がたいして変わらないのである。

ことに郊外に行くと、全国チェーンの大型店が派手な看板を掲げて並び、全国同じ風景を形成している。街の中心部に行けば、商店街は駐車場がないためかさびれ、シャッターを閉めてシャッター通りと言われているところが少なくない。

地方都市が全国で似たり寄ったりになったのは、第二次世界大戦でアメリカ軍の焦土作戦により空襲を受け、街が灰じんに帰したことが大きな要因であろう。それまで何百年もかかって積み上げてきた地方の中核都市のほとんどの街並みが燃えてしまったのである。戦後取りあえず急いで復興したために、全国どこも似たようになった。あの戦争さえなければ、日本中のたいていの都市が、京都や金沢のような風情を多かれ少なかれ残していたはずなのである。

それでは日光はどうだろうか。二社一寺があるため空襲を免れたにもかかわらず、街には門前町らしい風情はほとんど残っていない。東武日光駅から神橋までのゆるい上り坂の参道は、私が子供の頃にはそれなりの趣があったように思うのだが、無秩序な開発のために見る影もなくなってしまった。

日光に観光客が減少しているのは、街の魅力のなさも大きいのではないだろうか。散策をするような街ではないから、どうしても素通りしてしまいがちになる。

宇都宮に帰るたびに感じるのは、街の中に空き地が多くなったため、風が吹き通るような涼しさである。古い建物が壊され、相続税の関係やら何やらかにやら事情はあるのだろうが、新しい建物は建てられず駐車場になる。駐車場が取りあえず経済的な役割を果たすからであろう。前橋でも、水戸でも、山形でも、秋田でも、盛岡でも最近、私は同じように感じた。空き地ばかりで、身を隠すような路地もなくなった。都市の魅力とは、長い歳月人が暮らして森の奥のような路地が自然にできていくことだと思うが、都市の闇もどんどん薄く淡くなっていくばかりである。

都市計画とは、人がよりよく暮らせる都市をつくることである。車が通り抜けることのできる広い道路を、古い街並みを壊して通すことばかりではない。その街がたどってきた歴史を大切にしなければ、全国どこでも金太郎飴のような街ができるばかりで、旅人にはおもしろくない。住んでいる人も、自分の暮らす街に愛着を持つこともできなくなるであろう。

私の勘によれば、新幹線が通って以降、利便さの恩恵は十分に受けているものの、宇都宮のにおいというものが日に日に薄れていった。宇都宮はとりたてて特徴というもののない街になっていった。

これから新しいものが多くはつくれなくなった時代状況なら、例えば県庁の建物など、古いものをやすやすと壊さない方がよいのではないか。都市の景観を守ることは、そこに住むことの自信にもつながるはずなのである。

故郷への小さな旅

四月の第四日曜日には、毎年必ず私は足尾に植樹に行く。「足尾に緑を育てる会」に所属している私は、この十一年間この時期になると必ず足尾に足を運ぶのである。

銅山のあった足尾は、私にとっては父祖の地である。母方の曾祖父が兵庫県の生野銀山から、明治時代の中頃に足尾に渡ってきた。生野銀山の坑夫だった曾祖父は、足尾銅山の開拓者の一人であった。その人の足跡を、生野で菩提寺を探しあてたりして、私はほぼ二十五年がかりで調べた。それを『恩寵の谷』という長編小説にした。

小学生の時代には、私は夏といえば足尾に行った。叔父が跡をついでいて、その叔父のもとには母の妹、すなわち私にとっては叔母が嫁いでいた。従兄同士で結婚していた叔父夫婦は、私にとっては血の関係の濃い親戚である。

銅山の開発の影響で、足尾の山々には樹木のないところが多い。それが独特の風景をつくっている。子供の頃の私にとっては、足尾というとそれが当たり前の景色であった。後年、公害のためにハゲ山になったということを学び、もちろんそこに到達し行動を起こすまでには長い時間がかかったのだが、私は仲間たちと荒地に木を植える活動をはじめたのである。

2006.7

東京に住んでいる私にとって足尾は辺鄙《へんぴ》な山の中にあり、遠いところである。幾つかの行き方があるのだが、私の暮らしている渋谷区の恵比寿から電車に乗って行くことにした。山手線で池袋に行き、埼京線に乗り換え、赤羽で高崎線に乗り換える。高崎からは両毛線に乗る。正式にいえば新前橋までは上越線なのであるが、電車は同じだ。桐生でわたらせ渓谷鐵道《てつどう》に乗り換える。

桐生は織物の街で、日本人が和服を着ていた時代には、たいへんに栄えた街であった。自動織機の音があちこちから響いていた。足尾銅山は戦後少しずつさびれ、山を去っていく人がたくさんあった。その人たちは、今はわたらせ渓谷鐵道に名を換えた足尾線に乗って、まず桐生に出たのである。

そうやって足尾を降りてきた私の親戚が、何人か桐生に住んでいた。ある人は医者になり、ある人は旅館を経営していた。私は母の母、つまり祖母に連れられ、足尾に行く途中で桐生に寄ったものだ。桐生で一泊しなければならなかったのである。祖母に手を引かれていく親戚の旅館は、遊園地と接していた。今から思えば遊園地は小規模であったが、派手な色に彩色された観覧車やメリーゴーランドがならんでいて、子供の目には強烈な印象を焼きつけた。祖父の弟の旅館の主人は船乗りだった人で、外国航路に乗り、宇都宮や桐生で洋食屋を開いたりした。私がかろうじて知っているのは最晩年で、小さな旅館の親爺《おやじ》をしていたのである。長い時間放浪していた人の話は豊かでおもしろく、祖母に語りかけるのに、私は傍で耳をそばだてて聞いていたものである。

今回は桐生には降りず、隣りのホームに待っているわたらせ渓谷鐵道に乗る。かつて国鉄足尾線といわれていたこの鉄道は、私には深い思いが染み込んでいる。古い芝居小屋のある大間々《おおまま》を過ぎたあたりから、山の中にはいる。渡良瀬川に沿った美しい風景を、幼い私は車窓にもたれかかりながら眺めていたものだ。したたるような緑の中を澄んだ水が流れるこの景色こそが、私には足尾へと向かう実感なのである。

足尾の中では中心となる通洞《つうどう》に叔父の家はあった。銅山から払い下げられる金属などを扱う古物商を営んでいた。通洞とは、坑口が通るという意味で、いかにも鉱山らしい新しい地名である。街の中には山から引かれた清冽《せいれつ》な水が、いつも流れていた。水は家から家へと渡された樋《とい》を伝って、コンクリート枡《ます》に流された。この水が飲料にもなるので、上水はなるべく手も触れないよう大切に使われ、樋によって下の家に流された。街の中にはこの水が流れる澄んだ音が、いつも響き渡っていた。しかもこの水はすべて銅山によって無料で提供されていたのだ。私は足尾というとハゲ山より、この水を思い浮かべる。今は公共の上水道が完備されたのだが、足尾の街をよく見ると、水を溜めるこの枡が何カ所かに残っているのである。

国鉄足尾線は廃線の対象であった。地元の人たちが実績を残すため、用もないのに桐生までサクラ乗車の運動をつづけ、第三セクターの経営でどうにか命脈をつないでいる。わたらせ渓谷鐵道と名をかえたこの電車に私はなるべく乗るようにしているのだが、乗るたびに涙ぐましい気持ちになる。

山はぐんぐん深くなっていく。途中草木ダムがあり、電車はトンネルにはいる。この途中に星野富弘美術館などがある。トンネルを出ると谷は深くなり、山は高くなって、足尾に近づいたことが実感される。

終点の間藤《まとう》で降り、植樹会場の大畑沢緑の砂防ゾーンに急ぐ。まわりには樹木のない砂漠のような茶色い岩山が立ち上がり、異様な光景である。だが林野庁が五十年間も植林をし、NPO法人「足尾に緑を育てる会」も十一年間植樹活動をしている。そのため明らかに少しずつ緑が戻ってきている。

植樹地の山は人で真っ黒な状態である。今年も人がたくさん来てくれた。今年から人数をカウントするようにしたのだが、一四〇〇という正確な数字が出た。これまでは目分量であったのだが、毎年たくさんの人がやってくるようになっている。さっそく私も苗木とスコップを持ち、ハゲ山に登る。

スコップでガレ場を掘り、土を入れ、苗を植える。この土を入れるのが、足尾の植林の特徴である。こんなやり方では木は育たないと最初はいわれたのだが、九割以上は活着している。十一年分の成果は明らかに出ている。毎年参加してくれる人が多く、十歳で木を植えた子が、二十一歳になっているということだ。

会のメンバーは二十年来の旧知である。弁当を食べてから彼らと別れ、間藤駅まで歩く。途中に足尾の歴史をつくってきた足尾銅山製錬所や龍蔵寺《りゅうぞうじ》などを眺めながらいくと、植林をすませて帰路につく人たちの車にどんどん追い抜かれていった。

再びわたらせ渓谷鐵道の車両に乗るや、安心感に包まれた。じきに車窓は緑に包まれた。里のほうでは桜はとうに散ったのだが、足尾では山桜が真っ盛りである。緑の中に、淡いピンクの花が清楚《せいそ》に咲いている。この山桜の風情が私は好きである。

わたらせ渓谷鐵道は下り一方だ。桃の花に包まれている駅があった。粋なはからいなのか停車時間が長く、乗客たちはホームに出て写真を撮っている。こうして季節を心ゆくまで味わうのが、旅の喜びである。遠かろうが近かろうが、この喜びは同じなのだ。

桐生から両毛線に乗り換え、再び私は祖母のことを考える。幼い私が祖母とともにこの鉄道に乗った時、車両は蒸気機関車に引っぱられていた。両毛線は関東平野の北の端っこを走るから、トンネルはない。だから車内に煙はよほど風向きが悪いかぎりは入ってこなかったが、それでもなんとなく石炭の焦げるにおいが漂っていた。今はそのにおいがなつかしい。

小山で東北本線に乗り換えた。最近は宇都宮線という。この鉄道には何度乗ったかわからない。宇都宮から上野に行き、そこから私の東京の第一歩ははじまったのである。東北新幹線が通ったから、どうしても便利な新幹線を使うようにはなった。しかし、最近湘南新宿ラインが恵比寿と宇都宮とを結ぶようになり、家を出てからの時間でいえば、東京駅まで行かなければならない新幹線とどちらが速いのかよくわからなくなった。速さとは、時間のことである。私が大学生の頃、宇都宮から東京の大学まで通学していた友人がいた。今は新幹線で通勤する。宇都宮から東京までほぼ一時間なのだから、それは充分に可能だ。交通の選択の幅が広がり、なんと便利になったことだろう。

見慣れているはずの沿線の風景も、ずいぶんと変わった。街並は全国どこでも同じような表情である。大量生産されたコストの安い品物を大量に売りさばく量販店が、チェーン店をつくっている。おそらくコストを下げるためだろう、全国同じようなつくりの店をならべる。よくここまで同じ街をつくったなと、感心したくなってくるほどだ。もちろん宇都宮の郊外も、全国どこの都市とも同じ表情をしている。

そうこうしているうちに、宇都宮に着いた。ここが私の故郷である。最近の宇都宮名物は餃子で、そもそも全国で最も消費量の多い土地柄なのである。私が高校生だった頃、部活動が終って家に帰る前、自転車で餃子屋に寄って一皿か二皿食べたものである。確かに餃子が名物となる下地はあった。こんなに有名になったのは、私の高校時代の同級生で親友である男が、市の観光課長であった時、世間に大いに売り込んで成功したからである。その根底には、近隣で生産した野菜を消費してもらおうということがある。餃子は大いに食べるべきである。

宇都宮駅で降りると、私はまずしなければならないことがあった。それが今回の旅行の最大の目的といえる。母が脳内出血で入院中なのだ。このところしばしば私は母の見舞いに宇都宮に来ている。母はすでに一カ月半も昏睡をつづけ、快方に向かうきざしはいっこうにない。私は病院に行っても、母の枕元にいて名を呼び、顔を見ているばかりなのだ。それでももちろん、私は病院に行く。

病院までタクシーに乗り、母の病室に直行した。左半身が完全に麻痺してしまった母は、苦しそうに眠りつづけていた。声を掛けても反応がない。もう一カ月半も眠っているのである。

そういえば母の父はそもそも足尾の人なのだが、私は母と足尾に行ったことがない。祖父は早く亡くなり、私は祖母と行ったのだ。その祖母もとうにこの世の人ではないのである。

「足尾に木を植えてきたよ」

私は母に話しかける。

IV

住む街、東京で

すべてを捨てて芭蕉のように

2000.8

松尾芭蕉が「奥の細道」の旅に江戸深川の芭蕉庵より出発したのは、元禄二（一六八九）年のことである。時に芭蕉は四十六歳であった。芭蕉は五十一歳でなくなっているから、死の五年前である。

四十六歳は今なら若いが、当時は老年である。今はこれに二十歳を足して、六十六歳としてもよいだろう。地図もないような辺境の地に向かって、晩年に芭蕉は冒険の旅をしたということなのだ。

すでに芭蕉は世に知られた俳諧の大家で、弟子も多く、功成り名をとげた人である。すべてを捨ててしまうような冒険旅行にでかける必要は、まったくない。田舎にいったら、芭蕉の名さえ知らないかもしれないのである。

人間には大きく分けて二つのタイプがあると思う。こつこつと努力を積み上げ、ついの棲家《すみか》をつくり、それを最終の目標とする人である。世間的な名声をかち得たら、そこに安住する。守りにはいるのである。

もう一つのタイプは、芭蕉もそうなのだが、絶対に安住しない人である。こつこつと努力を積み上げなければ一つの世界は築き上げることはできないにせよ、できた瞬間にそれを破壊してしまう。芭蕉が門弟の曾良一人を連れ、たいした荷物も持たず、漂泊の旅にでたのもそれである。

旅というのは、出発があり到着があり、人生のようなものなのだ。そして、旅とは本来無一物であり、社会の属性を捨て、身体ひとつを運んでいく。芭蕉は未知の世界に旅立っていくことにより、自分の言葉がはたして大自然の前で立っていることができるかと、表現者としての大冒険を敢行したのだ。それが本当の表現者なのである。

世間で大家と呼ばれていた立場を捨て、もう一度生まれ直そうとした。死と再生とを限りなくくり返すことこそ、すぐれた表現者である。再生すればまたそれを壊してしまうのだから、彼に安住の地はない。

私も一介の文士として、また書生として、芭蕉のように永遠の探究の旅をしたいものである。私は五十二歳になり、芭蕉の死んだ年齢をいつしか越えてしまったことに、今さらながら気づくのである。

晩年は、人生の集大成のためにある。芭蕉は表現者としてそれまで積み重ねたすべてを捨て、もっと自分を高めるべく、未知の世界に旅立ったのである。私はどうしたらいいのだろう。

私自身はまだ老年という自覚はないし、まして晩年とは思っていない。それでも人生の集大成といわれれば、そろそろ準備にかからねばならないなと思うのである。

上野にて

2008.5

　久しぶりに上野にきて、私は懐かしい思いにとらわれた。東北本線の宇都宮駅を利用した私は、一昔前は上京する時にはまず上野にきた。上野駅を通らないでは、東京にいくことはできなかったのである。上野は東北地方に通じていて、乗降客もどこか東北地方のにおいを立てていたものだ。

　今は東京駅から新幹線に乗って帰省する。また埼京線という通勤もかねた電車もあり、それは渋谷や新宿や池袋を経由していくので、上野は通らない。かつてはどうしても足を運ばなければならなかった上野も、わざわざいかなければ触れることもなくなってしまったのだ。

　上野駅で降り、上野公園のほうにまわって、私の心はなんとなくときめいた。春めいている。晴天である。よき気候に誘われて、たくさんの人が上野公園を歩いていた。西洋美術館では展覧会をやっている。私にはまだ時間が少しあったので、散策するその人たちにまじっていく。大道芸人たちが人垣の中でパフォーマンスをしていた。桜の季節にはまだ間があるのに、早咲きの八重桜が八分咲きで、下に人が集まって笑顔で見上げている。季節は確実に進んでいるのだ。ここには厳しい冬から解き放たれていく喜びがある。心の準備もなくその場に立った私にも、春の喜びがひたひたと満ちてくるのであった。

私は苦しい思いでこの場所にきた昔のことを思い出す。私は受験生で、高校の同級生数名とともに上京してきた。都内の大学を幾校か受験するのに、宿舎を上野に選んだのだ。見知らぬ土地と違って、上野は故郷と地つづきである。これはかなわないとなれば、いつでも帰ることができる。どうも半身になって受験にきたのである。

故郷の旅行代理店を通じて予約した旅館は、不忍《しのばず》の池のほとりにある鷗外荘というのだった。明治の文豪森鷗外が一時住んだ家がそのまま残っていて、旅館の施設となっている。

その旅館には、不忍の池の畔をぐるっとまわっていってもよいが、上野公園から東照宮の五重塔の脇を通り、東照宮社殿の手前の階段を左に折れていく細い道もある。一歩では足りず、二歩では余る変則的な階段であった。暗い道をなおまっすぐ歩いていくと、不忍の池に突き当たる。昼間は渡り鳥の冬鴨の鳴き交わす声がそれはやかましいのだが、夜はひっそりとしている。街燈の明かりが水面に落ち、立ち枯れた蓮を照らしている。

私は受験をすませると、暗いその道を一人で足早に帰った。何校も受験をしたから、ほとんど毎晩そこを沈んだ気持ちで歩いていったのだ。

それぞれに受験をしてきた級友たちも合い部屋になった旅館に帰ってきて、今日の出来不出来などについて語り合う。試験はうまくいったような気がしないでもないが、どうもよくわからない。成否を決めるのは自分ではないから、はっきりしたことはいえないのである。風呂にはいり、食事をし、テレビなどを見て、眠るしかない。次の日もまた試験があるのだ。ならんで敷いてある蒲団にはいっても、気が立っているので、すぐには眠れない。眠ろうとすればするほど目が冴え、明日の試験に集中できなくなるではないかと心細くもなった。そんな時、耳に動物の鳴き声が響いてきた。考えてみれば、そこは上野動物園のすぐ隣りなのである。ジャングルの王として伸び伸びと生きていた虎が、何かのはずみで捕えられ、動物園の狭い鉄の檻の中に閉じ込められてしまった。虎かもしれないし、獅子かもしれないし、豹《ひょう》かもしれない。ともかく野獣が遠い故郷をしのんで悲しそうに吠えている。そんな風に想像すると、眠りはますます遠ざかっていったのだった。

後年、私は上野動物園の園長と対談する機会があり、夜通し叫んでいるのはどんな動物なのだろうかと問うた。

「夜うるさく鳴いているのは、吠え猿かもしれませんね。声は相当遠くまで届きますよ。他に考えられるのは、海驢《あしか》ですね。プールを泳ぎながら、相当やかましく鳴きます」

こんな答えであった。私はあくまで自分の心に引きつけてイメージを紡いでいたのだ。あれから四十二年ほどの歳月が流れ、上野のあの場所から歩みはじめた級友たちは、それぞれにまったく別の道をいったのに違いない。顔を合わせることもなく、ことさら求めないので消息もわからない。何処かで無事に生きているに違いないと思うばかりである。

そんな思い出にひたりながら、私はその日の集まりの会場となった東京藝術大学奏楽堂に向かった。門をはいると、若い人たちがたくさんいた。父兄たちもいた。ちょうど大学受験合格者の発表の日だったのである。明るい顔も暗い顔もある。人生の一歩が大きく別れる日であった。

2001.4

今宵一夜のひと盛り

桜が咲くと心浮かれるのは、長い冬から解き放たれたという喜びがあるからである。寒風の吹く冬の間なんとなく下を向いて生きてきたのだが、何かの拍子に顔を上げると、桜の蕾がふくらんでいる。そこに春の気配がある。目を上げるごとに春は強く大きくなっていき、やがて桜となって開くのだ。

桜は葉のない枝に咲く。満開になると、これで冬も完全に終ったのだなあという喜びに満たされる。これから先はいい季節になり、いろんな花が咲いてくる。桜はそのさきがけなのである。梅のほうが早く咲くのではあるが、まだ冬の気配が濃い。時には雪に包まれた中に梅花が咲いたりする。この梅花は春を呼ぶ花であることは間違いないところであるにせよ、桜は春に間違いなくなったのだということを証明している。

春は駆け足でやってきて、駆け足で去っていく。咲きはじめた桜は止まることができずたちまち満開になり、たちまち散っていく。この世に対する執着も一切なさそうである。潔い。この潔癖さが、桜なのだ。何事にも執着してしまいがちな人の世にあって、桜の潔さは美学に通じる。古来より、私たちの祖先がこの花を尊んできた理由である。

花に誘われ、ふらりふらりと歩きだす。よく見れば近所の家の庭などに思いがけず桜が咲いていて、発見をしたような気分になる。咲きはじめて満開になり、花吹雪散らして最後の一枚の花弁が落ちるまで、およそ一週間であろうか。それからは桜は葉を繁らせ、桜として生きつづけていくものの、目立たない一本の木になる。一瞬を輝き、あとは市井にまぎれてひっそり生きるようなものだ。どう見ても、桜は人生になぞらえられる。

私は東京の都心に近いところに暮らしているのだが、普段コンクリートとアスファルトの人工空間と思えた街も、桜が咲くと思いもかけず精気が甦っているように感じる。桜が街を生き返らせるのだ。街ばかりではなく、山河の全体に息吹を伝える。

私の家は坂の途中にある。その坂を下っていくと、古風な二階家があり、庭に一本だけ大木が立っている。それが桜なのだ。枝は家にぶつかり、電線をまたぎ、道路にはみだしている。この木はソメイヨシノなのだ。この桜が満開になると、それは見事なものである。私と妻とは坂を下り、毎年満開のこの桜の下に立つ。どんなに長い時間立っていても、時の流れを感じない。散るのはわかっているのに、この一瞬が永遠のようにも感じられる。今年もこの桜が見られて幸福だなと、しみじみ思うのだ。

私が家族とともに毎年必ず花見にいくのは、青山墓地だ。お彼岸かお盆でもなければ人影もない都心の墓地に、花見時ばかりはうねるように人が押し寄せ、ござを敷いて宴会をしている。カラオケセットを持ち込み、まわりの迷惑など意に介さず、大声で歌っている人もいる。やきとりやおでんやビールの店をだし、ちゃっかり商売している人もいる。花が咲いたというだけで、風景はまったく変わるのだ。桜が真っ暗な空にあって見えなくても、そんなことはかまわない。

妻の家の関係の墓があり、その人は子供がいなかったので、私の家で墓地を管理している。少し有名な画家の墓なのではあるが、そんなことはどうでもよくて、いい場所があったとばかり誰かが花見の宴を張っていることがある。ずいぶん奥にある墓地で、せめて静かなことがよいのだろう。ここはうちの墓ですからでていってくださいともいえず、せっかく桜が咲いたのだからまあいいかと黙って通り過ぎる。

青山墓地全体を見れば、今宵一夜のひと盛りとばかり、すさまじい賑わいだ。歌声までも響き渡り、これでは死者たちも静かに眠っていることなどできず、どこかの宴席にまじり飲んで騒いでいるに違いない。

銀座で美女に囲まれて

2006.11

銀座といえば思い出すことがある。

長野規《ただす》さんは『少年ジャンプ』の元編集長で、この少年漫画週刊誌を百万部を超える伝説的な雑誌に仕上げげた、伝説的な編集者である。私は大学を卒業する時、その出版社の就職試験を受けて、合格し、編集者になるところであった。試験に通って入社する前の研修期間に、里親制度のようなものがあり、学生の身分でありながら時々編集部にいる長野さんに会いにいって勉強するようになっていた。いけばコーヒーを御馳走になり、編集現場の空気に触れた。

だが私はどうしても小説が書きたくて、入社をしなかった。断りにいったその足で山谷にいき、日雇い仕事などで生活費を稼いだりした。だが小説を書いて生きていくなど夢のまた夢で、家族を連れて故郷の宇都宮にいき、市役所勤めをした。宇都宮の郊外に買った建売り住宅の家で、夜に誰にも読まれるあてのない原稿を書いていると、時々長野さんから電話がかかってきた。

「ぼくは今銀座で、美女に囲まれて、うまい酒をじゃぶじゃぶ飲んでいるぞ。君は書いているか」

長野さん一流の励ましなのである。長野さんは自らも詩を書く人で、漫画雑誌の名編集長になっていることに、自己韜晦があった。美女や美酒などは俗世のものだという、恥ずかしい気分に満ちた人であった。

「書いています」

私はこのように答えるしかない。

「そうか。君は書くんだぞ。しっかり書くんだ」

「わかりました。ありがとうございます」

こういって電話を切る。だがこれですんだわけではなく、しばらくするとまた電話がかかってくるのだ。

「ぼくは今銀座で、美女に囲まれて……」

もちろん酔っているのだが、まったく同じ電話がかかってくる。四度も五度もかかってくることもあった。田舎に引っ込んだお前のことは忘れていないよ。こんなメッセージだったのだ。もちろん私にとってはありがたいことこの上ない。

やがて私は東京に住むようになり、長野さんに銀座に呼び出されて飲むこともあった。美女に囲まれ、うまい酒をじゃぶじゃぶ飲んでという具合なのではあったが、そんなことより長野さんといられることが楽しかったのだ。

歳月が流れ、長野さんは会社を辞めた。長野さんに世話になった人も多く、時々長野さんを囲む会を開くことにした。うまい酒はともかく、美女に囲まれてということはどうでもよく、銀座の路地の裏の小さなカウンターバーをその場所とした。そのメンバーの中には、北方謙三の顔もあった。

そのバーの前を、何気なく通った。もちろん長野さんのことを思い出した。長野さんはすでに鬼籍にはいられている。

2004.12

恵比寿　古き良き香り

近所にビール工場があり、塀のまわりが草地だったので、私はよく犬を散歩に連れていった。だが工場の塀の向こうは立ち入ることのできない世界であった。

やがて工事がはじまり、大型トラックがさかんに出入りするようになって、恵比寿は埃っぽい街になった。渋谷と目黒に挟まれた恵比寿は、場所としては山の手だが、下町の風情がある街だったのである。丘陵の地形が昔の記憶をとどめていて、山の上のほうには広い敷地のお屋敷が立派な門を構え、谷のほうには庶民の住宅が軒を連ねてひしめいていた。東京の縮図のようなところがあった。

やがて大型トラックはやたらには走り回らなくなり、ふと空を見上げると、巨大なビルが天を突いて立っていた。ガーデンプレイスが、ビール工場跡地に出現したのである。その頃から、恵比寿という街の様子は激しく変わりはじめた。

まず最初に現われた生活の変化は、豆腐屋や魚屋や古本屋や自転車屋など地域に密着した店がなくなっていったことだ。地価が高くなり、小さな商売はやり難くなったのだろう。そのかわりにデパートができて、豆腐や魚は地下の食料品売場に買いにいくことになったのだ。品質はよくなったかもしれないが、価格は高くなった。自転車屋はなくなり、パンクをしたら自分で修理するほかなくなったのである。

ガーデンプレイスにいけば、銀行も郵便局も旅行代理店も歯科医もホテルもビデオレンタル店もあり、必要はたいてい間に合うようになった。新しい街が一つできたようなものであった。レストランや映画館や美術館もできたので、若者たちが集まるようになり、都心の新しいスポットとしてもてはやされることもあった。新奇なレストランやバーなどがみるみるできて、恵比寿から下町の風情は急速に薄れていった。店名が漢字の古い店は、カタカナ書きの店にどんどん変わっていったのだ。

私は恵比寿に二十年暮らしている。私なりに常連になっていた店もあったのだが、街の変化とともに若者向けの店にどんどん取って代わられていった。それでも、時代の流れに抗している古風な店もある。私が通っているのは、気がついたらそんな店ばかりであった。古き良き恵比寿、古き良き東京を感じさせる店だ。

馴染みの店のとまり木で、ボトルの焼酎などをちびちびとやりながら、グラスの底には喜びも悲しみもあるんだなどとうそぶいている。そんな時が私には至福である。

そもそも恵比寿は柔軟な街なのだ。ここにあったビール工場で生産されるビールの名前を町名にして、近くの神社も恵比寿神を合祀して恵比寿神社と変えた。ビールの霊験のある町である。ビールの名をとった町など、全国を探してもないはずだ。恵比寿は新旧を柔軟にあわせ持つ街である。

もちろん住んでいる人間も、新旧まじりあっている。文士の消息が、足跡として残っている街だ。

2005.6

根岸子規庵より

東京都台東区根岸の子規庵は、ごく平凡なしもた屋である。東京の下町一帯を焼き尽くした東京大空襲にも耐え、よくぞ残ったものだ。正岡子規が住んで子規庵という名がつけられていなかったら、とうの昔に取り壊されてマンションでも建てられていたことだろう。今は近所のボランティアの人が掃除をし、管理をしている。

あまりにも普通の家だったので、おかしなことだが、改めて驚いたしだいである。文学の言葉の力の強さに感じ入る。子規庵の、子規の床がとってあったという場所に座り、なんとなく草花などが植えられている庭を眺める。もし誰かが草むしりをしなかったら、たちまち草ぼうぼうになってしまうだろう。

子規の日記『病牀六尺』のとおりに、私は畳に寝転がって庭を眺めたいとの誘惑にかられた。他の見学者もいたし、子規の病いをからかうような行為ととられかねないこともないので、やめておいた。子規のいた頃と同じようにへちま棚などもつくってあり、子規がどのように風景を見て、どのように写生をしたのか興味があったのだ。

根岸の子規庵にくれば、当然ながら『病牀六尺』後の「絶筆三句」を思い浮かべる。明治三十五年九月十八日午前、家のものに画板に紙を貼って持ってくるようにと頼み、まず「糸瓜咲て」を書き、次に「痰一斗」を書いて、三番目に「をとゝひの」を書いた。翌十九日午前一時頃、家の人が蚊帳の中を見ると、いつの間にか息を引きとっていたという。享年三十六歳であった。

糸瓜咲て痰のつまりし仏かな

痰一斗糸瓜の水も間にあはず

をとゝひのへちまの水も取らざりき

第一句の「仏」を、単に死者と見るか、さとりを開いた仏と見るかで、この句の意味が変わってくる。作者の子規から見れば死者で、子規を離れてそこいらへんに浮遊している霊魂の目から見るなら、さとった仏というような感じがする。その仏は、糸瓜の花でもある。糸瓜の花は自然そのものであり、流転する生死を善悪の彼岸から見つめている。

この句を写生というなら、死にゆく病人とそれを眺める超越した存在との両者を含んだ両義的な視線ということになる。この三句にはどれでも、行為する主体とそれを眺めるもう一つの主体がある。その二者は分けることができず、渾然一体としている。この重層的な構造を写生というなら、方法としてただならぬことである。

「痰一斗」には、痰を吐く主体と、それを見つめている主体とが五七五の中に同時にいる。糸瓜の水は化粧水として使うもので、瀕死の病床にあって苦しんでいる子規を、糸瓜は仏のようなまなざしで眺めている。また同時にこの水は末期の水だ。

こうしてもう一つの視線を取り込むことによって、切羽詰まった状況を、単に苦しいというリアリズムではなく、より深く大きな詩の世界に取り込むことができるのである。

築地のにおい

2005.12

築地市場にはにおいがある。東京の人が何を食べどんな生活をしているか、ここに来るとわかる。だから楽しいのだ。

地下鉄築地駅から歩き出すと、私には胸がときめくものがあった。学生時代、今から三十四、五年も前のことになるのだが、私は築地の青果市場（ヤッチャ場）で働いたことがある。遠くに過ぎ去った思いを持って地下鉄の駅から歩き出してみると、昔のままの食堂がある。庇《ひさし》だけの空間で商売をしているような店で、炊き出されたばかりの丼飯《どんぶりめし》に生のタラコをのせ、熱い味噌汁にふうふう息をかけながら早い朝食をとったものだ。

市場の中に相変わらずトラックや小車《こぐるま》や人間が入り乱れている。私の仕事は小車を引く軽子《かるこ》で、仲買いから仲買いへと品物を運んだ。ターレとかターレットとかいうガソリンエンジンや電動で走る車が増えたが、入り組んだ狭いところを通るには、人が引っぱる小車のほうが使い勝手がよい。

ヤッチャ場に入ると、季節の野菜が並び、奥に帳場があり、屋根の下の中二階が倉庫になっている。何も変わらない。若い日の私が人込みの中から、意気揚々と小車を引いて出てくるような気さえした。

通りを渡ったところが、魚河岸である。築地の華はなんといっても魚河岸で、働いている人たちはやたら威勢がよかったものだ。

「あの頃はみんな手鉤を持っていたけど、あんな元気はもうないよ。セリやってたら、スーパーの十時開店に間にあわないよ。相対《あいたい》売って、卸しから小売りに直接品物がいくようになった。俺たち仲卸しをとばして」

仲卸しの人はいう。手鉤は木製のトロ箱を引っ掛けるためのもので、ヤッチャ場からくると危険に感じた。

うまそうなマグロやカツオやヒラマサやアワビを見ているうち、どうしても食べたくなってくる。隣接した魚がし横丁にいくと、寿司大の前に行列ができている。時計を見ると、朝食にも昼食にも中途半端な午前十時である。朝一番に隣りの魚河岸でネタを仕入れ、午前五時から午後二時まで開く。キンメダイ、中トロ、ヒラメ、サンマの寿司をつまんだ。ネタをうまみ醬油につけてから握る。独特の寿司である。いうまでもなく、もちろんうまい。

路地を一本違えたセンリ軒は、市場が日本橋にあった大正時代からのコーヒー屋だ。時折私がいく銀座の料理屋の主人が、偶然仕入れを終ってコーヒーを飲んでいた。

「ああ、あれはね、戦争未亡人に仕事をさせるための店だよ」

私が昔炊き出しの飯にタラコをのせて食べた話をすると、銀座の料理人がいう。もちろん彼は毎日魚河岸にやってくる。

名物茂助だんごを食べ、万治二（一六五九）年に開かれた波除《なみよけ》稲荷《いなり》神社にお参りする。ゴム長専門店や、スパイスの店や、魚屋をのぞいているうち、なんだか料理がしたくなって包丁を買った。

今日は朝から豊かな気分である。

2009 秋

巨樹に力をもらう

「森のにおいがいいね」

「……」

「葉を透過してくる光がきれいだね」

「……」

「子供が元気に遊んでいるね。

うちの子もあんな時があったよね」

「……」

妻と私とは老いた母になるべく話しかけるようにしているのだが、返事はほとんどない。だが顔は笑っていて穏やかである。これが森の力というものだろう。

林試の森は、どの木も本当に立派なのだ。人は森の中でボール遊びに興じ、語らい、体操をやり、散策し、寝転がり、森から生きる力をもらっている。

もうひとつ私がよくいく森に、白金の自然教育園がある。この森は都心にありながら、全国でも有数の原生林といってもよいかと思う。巨樹でいうなら、シイノキの大木が鬱勃《うつぼつ》とこれだけ繁っている森を、私は他に見たことがない。大蛇《おろち》の松と呼ばれる巨樹は、高松藩下屋敷の時代から記録に残っているという。巨樹ということでいえば、東京は最高の場所なのである。

巨樹というのは、まず人間の生命を越えた遠大なる生命力を感じさせてくれる。一本で森のような巨樹もあれば、天に向かってすっくと立っている巨大な樹木もある。いずれも生命力をもらったような気分になり、そばにいるだけで力が湧き上がってくる。

天に最も近い巨樹は、人間界から最も遠いということになる。カミはまず巨樹の突端に降り、そこから人間界に降臨することになる。天もしくはカミに最も近いところはハナであり、神聖なところだ。ハナとは端であって、一般にいう花はまた別のものである。

古代からつづく祭祀に、サカキやシキミの樹木が用いられるのは、神仏に最も近いハナだからである。巨樹とは神仏の宿るところであって、神木となって境内地で崇《あが》められてきたのである。こうして神社や仏閣によって保護されてきたから、日本には意外に巨樹が多くあるのだ。

もちろんそれらの巨樹は、伐採して材にするものではなく、ひたすら崇めるものである。樹木に対してこれほど尊敬の念を露わにする日本人は、森の国に生きてきたからではないかと私は思う。

名のある巨樹にひかれていくと、その前には鳥居が立ち、巨樹は礼拝の対象である。そもそもが神仏習合の伝統のある日本では、こと巨樹に関するかぎり神と仏の区別がない。つまり、巨樹は神でもあり仏でもあるのだ。

私は巨樹を求めてずいぶん遠いところまで旅をしてきたが、最近では思いがけない近くで巨樹を楽しんでいる。私がよくいくのは、林試の森公園である。都心にこんなに巨樹が立ちならぶ森があるとは考えてもいず、いってみて驚いたしだいである。

品川区と目黒区にまたがる林試の森公園にいくのは、妻の母、私にとっては義母が、近くの老人施設にはいっているからである。見舞いにいくたび車椅子で散歩に連れ出している。最初は近所の街に車椅子を押していったのだが、近くに素晴らしい森があると教えてくれる人があり、いってみるとそこが林試の森公園であった。

旧林野庁林業試験場の跡地であったため、原産地を問わない様々な木が繁っている。ケヤキ、クスノキなどがいっしょに繁っていることも珍しいのだが、外国産のプラタナスはもっと詳細に分ければスズカケノキ、モミジバスズカケノキ、アメリカスズカケノキの三種がここにあるとの案内板があり、いずれも見上げるばかりの巨樹である。

ユーカリ・グロブルスはいわずと知れたオーストラリア産だが、昭和二十七年に植え、今では十メートル以上になっているという成長の早さである。カナダ産のベニカエデやミツデカエデは、秋になれば葉は見事に紅熟する。

V

甲信越の山並みへ

心の富士山

2000.4

富士山を見ると、どうしてこんなに嬉《うれ》しいのだろう。新幹線に乗って静岡や三島のあたりを通る時、知らず識《し》らずのうちに富士山のあたりを目で探っている。実際に見えれば得をしたような気分になり、見えなくともあのあたりに富士山があるのだと自分自身に納得させたりする。忘れていた時、不意に窓辺に富士山がくっきりと見えたりすれば、深々とした感動がやってくる。富士山は気になる山なのである。

富士五湖や、山梨県のいくつかの峠や、三島のあたりや、駿河湾越しの伊豆などに、私は富士山を見にいったことがある。いつも不意打ちのように見える富士山なのに、いざ改まって見ようとすると、姿を隠してしまうことが多い。雲の厚い衣は、非情なことに壁になってしまっている。

何日いても、駄目なものは駄目だ。富士山からもこちらが見えていて、見たり見られたりする相手を選んでいるようでもある。あきらめて帰りかけ、ふと肩越しに振り返ると、雲の間に富士山が頭を見せていたりする。そんな時にも、富士山の意思を感じるのである。富士山は大自然の意思そのもののようなのだ。

追えば、隠れる。こちらから袖にしようとすると、向こうから笑いかけてくる。惚《ほ》れた女と、恋のかけ引きでもしているかのようではないか。そんなふうであるから、富士山との関係はいつも緊張する。

日本列島で最も天に近いのが、富士山頂である。人間から遠く、天のそばならば、神様が住んでいる。しかし、それは地を這《は》う人間が下から天を仰ぎ見た時の感覚なのかもしれない。渇《かつ》仰《ごう》という言葉があるが、地面に立って天を仰ぐあの姿で、神々しいものを待っている心情から生まれたのかもしれない。富士は人をして思考させる山なのである。

高山病に耐えながら、私は一週間ほど富士山頂に滞在したことがある。植物の生息の限界を超えた富士山頂は、岩と砂ばかりの一見すると荒涼とした世界であるのだが、星が手を伸ばせば届くほどの近さに感じられた。そして最も驚いたことは、遥か眼下の闇《やみ》の底に、東京の夜景がまるで宝石を散らばせたように美しく輝いて眺めることができたことであった。これは神の視点なのではないだろうか。富士山頂に登れば、人は神の視点を獲得できるのである。

日本列島の真ん中にでんっとひかえている富士山である。周辺の山から望むと、富士山はまるで水に浮かんでいるかのように見える。どこから見ても美しい、自慢の山なのである。山梨側の人は、山々の中でひときわひいでた男っぽいのが富士だという。静岡側の人は、裳《も》裾《すそ》を長く引いた優美な姿こそ富士だという。人それぞれに自分の富士が欲しいので、自分の暮らす土地にコニーデ型の山があれば、富士の名をつけなければ気がすまないのである。

大菩薩峠の富士山

富士山にも登ってはみたが、富士山というのは眺める山だということに気づいた。それではどこから眺めるのが一番美しいだろうかという話になる。富士山が見えるところに暮らしている人に尋ねると、百人が百人とも自分の庭から見える富士山が一番だという答えが返ってくる。みんな富士山を自分の山だと思っている。自分の山ならば、自分の庭から見える富士山が一番に決まっている。それほどにみんな富士山が好きなのだ。

私もできるだけあっちこっちから自分の目で富士山を眺めたいと思った。そんな流れの中で、山梨県の塩山《えんざん》にある大菩薩峠にいったのであった。

大菩薩峠はかつての青梅街道の延長線上にあり、中仙道の裏街道ともいわれた。大名行列や通行手形のある人はゆるやかな中仙道をいけばよいのだが、世の中に背を向けなければならない人たち、凶状持ちやら通行手形を持たない旅役者たちが、道の険阻さえいとわなければ通れたのである。表ばかりでなく裏があるとは、人が生きるべき領域がそれだけ広いわけで、考えようによってはよい社会だということもできる。

大菩薩峠へは、途中で車を降りて歩いていかなければならない。そのため昔の風情が残って

2004.4

いる。峠の先は柳沢峠へとつづき、峠の手前に山小屋の介山荘《かいざん》がある。

私がいった時、山小屋のおやじは掌に稗《ひえ》を置き、野生のヒワに餌をやっていた。さすがに大菩薩峠という名を持つだけに、浮世離れした風景だなとも感じた。

大菩薩峠から眺める富士山は絶景であるとものの本に書いてあったので、私は日がな一日富士山を見ていようとして、山小屋に一泊を申し込んだのである。しかし、あいにくとその日は曇っていて、灰色の幕がかかっているばかりで、富士山がどの方向にあるのかさえわからなかった。明日の天気予報も似たようなものである。

富士山は追えば隠れ、もう帰ろうと思って振り向くと、そこにくっきり見えている。そんな気を持たせる山なのだとわかっているから、気を持たないことにした。

介山荘はその夜私たちのほかには宿泊客はなく、おやじが買い置いていた日本酒をやかんにいれて沸かし、飲みましょうということになったのであった。どうせ明日も富士山は見えないとしたたかに飲み、眠った。

「みんな起きろーっ。富士山がでているぞーっ」

おやじの声に跳び起き、窓から見ると、晴れた空の下に富士山があった。身支度をして、峠までいった。澄み切った空気の向こうに、多くの山々を従えた富士山の姿があった。まるで水に浮かんでいる島のようにも見えた。明けたばかりの黄金の光の中で、なお富士山は燦然と黄金に輝いていたのだった。私にとっての最高の富士山であることに間違いなかった。

芝川海苔のこと

2002.8

富士山の湧水としては、忍野八海《おしのはっかい》や柿田川ほど有名ではないのだが、富士山の西麓に猪之《いの》頭《がしら》湧水群がある。かつては井之頭といい、その名のとおり水に恵まれた土地である。明治の頃、井之頭というといかにも恵まれたという感じがすることから、税金がたくさんかかるのを恐れ、猪之頭という名に変えたのだそうである。水の湧く美しい名前が、なんとなく貧しそうな名になってしまった。そうではあっても、水が豊かなことに変わりはないのである。

芝川はこの水をそのまま流してしまっては惜しいほどに、美しい川だ。富士山の湧水があふれて流れて去っていく。

この芝川の流域には、いくつもわさび農園がある。その一つの田丸屋わさび園を訪ねると、ちょうど法事の後の宴会ということで、酔ったたくさんの人が集まっていた。

主人にわさび田に案内してもらった。谷底の渓谷に生えるわさびは太陽の光をあまり好まず、若い時には上に黒い網をかぶせて育てる。大きくなったら植え換えて一年半たつと出荷できる。

わさびが生育する絶対的な条件は、年間水温がさほど変わらない清流が流れることである。またこのあたりの土壌は富士山の噴火でできた溶岩質が多く、栄養分を多く含んでいない。それがわさびにはよいのである。

主人に一本引き抜いてもらった。まさか辛い根のところをかじるわけにはいかない。生き生きしたわさびは、葉を食べるとまことに美味で、清流の精髄というべきものである。私はその一本を譲りうけ、芝川のあと少し下流で、芝川海苔保存会の人たちと待ち合わせたのであった。

かつて芝川海苔はこの一帯の名物であった。川海苔が、芝川の川底の溶岩にたくさんついたのである。芝川は年間を通じて水温が九度から十度で、これが川海苔の生育にはまことによろしい。しかし、ここも他の河川の例と違わず護岸堤ができ、溶岩がコンクリートで覆われてしまった。芝川は見た目はよいものの、魚や蛍もめっきり減った。自然の岸が少なくなって自浄能力が弱くなり、生活雑排水が流れ込んで、水が汚れた。このままでは芝川海苔が消滅してしまうと恐れた人たちが、保存会をつくったのだ。

保存会の人たちに案内されたのは、田んぼに水を導くU字溝の水路だった。U字溝のコンクリートに破砕された富士山の溶岩がまじっていて、芝川海苔はその熔岩に心細い感じでちょぼちょぼと生えている。海苔は夏によく育ち、秋に摘む。それを集めて板海苔に乾燥させたのだから、貴重なことこの上ない。

富士の名水で育ったコシヒカリを炊き、静岡茶で茶漬けをつくり、わさびをすりおろし、芝川海苔を千切っていれる。名づけて富士山茶漬けである。贅沢なことこの上ない。芝川海苔は香りがよい、最高の茶漬けになるのだが、いつまで食べることができるであろうか。

木曽ヒノキのこと

2006.10

　ここのところ木曽ヒノキの産地の裏木曽と呼ばれる地域に行くことが多い。木曽ヒノキに興味を持ったからである。その成果はこのほど『日本の歴史を作った森』(ちくまプリマー新書)にまとめるつもりで、現在原稿の整理中である。

　東北には秋田スギ、青森ヒバの美林があるが、日本の美林と言えばなんといっても木曽ヒノキということになる。裏木曽とは岐阜県加子母《かしも》村や付知《つけち》町であったが、いずれも中津川市に合併した。木曽に対して裏木曽というのは日陰者みたいだと私は思い、そのようにも言ったのだが、地元の人はそれが地名なのだから仕方がないという。磐梯《ばんだい》と裏磐梯の関係に似ている。優劣の関係ではなく、それが地名なのである。

　木曽ヒノキは、あくまでも天然林から採れた材を言うので、人工的に植林されたものでは、どんなによく管理されて美林になったところで、木曽ヒノキとは言わない。

　木曽ヒノキについて学んでいるうち、私は興味をそそられる論文に出会った。森林施業《せぎょう》研究家原田文夫氏の「木曽ヒノキ林の成因」という文章である。その論文をもとにしつつ数字を用いさせていただき、私の歩いた裏木曽の森の見聞を入れ、論をすすめてみたい。

そもそも木曽や裏木曽の木材資源に目をつけ、ネズコやトウヒなどとともに大量伐採をはじめたのは、豊臣秀吉と徳川家康が木曽を直轄領としてからである。彼らは木材の本当の価値を見抜いていた。

それ以前は、まことに美しい原生林であった。人が入っていくといっても猟師ぐらいで、たとえ杣人《そまびと》が入っても、伐って出すことはできなかった。現在の地上にはすでに存在していない美林であったろう。

人が入ると、まずまっすぐな材木を採れる木から伐採した。地上から約一・五メートルの高さを、人の目の高さを示して〝目通り〟と呼ぶ。この目通りの直径で尺上《しゃくじょう》、尺から上つまり直径三十三センチ以上の木を選んで伐採した。そのような木はいくらでもあったろう。

推測でしかないのだが、当時の原生林には、樹木全体のうち伐採できる木は八十パーセントから九十パーセントあったとされる。目通り尺下、すなわち直径が三十三センチに満たない木、枝の多い木と、曲がっていて材木にふさわしくない木が残された。

つまり、森は風通しよくなり、太陽の光が地面まで届くようになった。まったく条件の違う森になったのである。残された素性の悪い木とは、枝が横に張った老木である。この老木が、生育条件がよくなって多量の実をつけるようになる。ヒノキの実は蕎麦《そば》より小粒で、一キログラムで四十五万粒、一リットルで十三万粒、一ヘクタールに換算すると数千万粒になるとされる。これが生育環境のよくなった森に降るのである。

それまでは地面に苔が生えていたので、実が落ちても芽を出すことはできなかった。その実が落ちる地面には太陽光が差し、発芽条件はよくなっている。それまでは植物相が安定し、新しい種類の植物が侵入することをはばんでいた。

豊臣秀吉や徳川家康が大量伐採をして疎林になると、太陽光は地面にまで差し、ササが広がってくる。年に二メートル、十年で二十メートル、五十年で百メートル、百年で二百メートルと、ササは猛然とした勢いで広がっていく。

地面にササが繁っていると、たとえヒノキの実が大量に降ってもササの上に落ちる。雨や風がササを揺すると、実は地面に届くことになる。そうして発育をする。実は大量に降るから、森林を形成するのに十分な木が育つ。

豊臣秀吉や徳川家康が斧を入れ、森の状態が変わった江戸時代前期の木曽ヒノキ林には、それほどササは繁茂していなかった。ササは五十年で百メートルに広がるとしても、森全体をおおいつくすというほどではなかった。また材木を搬出する際にも、川までは地面を引きずっていく。ササなどはその部分には生えない。当然伐採が終れば、人は入らなくなる。その露出した地面の上に、ヒノキの種は大量に落ちたのである。こうして森の再生力は保たれたのだ。

ヒノキの施業は、人工林では一ヘクタールあたりの苗を三千本から四千本植える。天然の実生《みしょう》の場合は、一ヘクタールあたり数十万の苗で出発することになる。そこから自然淘汰が始まり、弱いものから順に死んでいくことになる。残って目通り尺上の木曽ヒノキとなるためには、気の遠くなるような過程を通っていくことになる。つまり、きわめて強い遺伝子を持ったものだけが残るということになる。天然林の強さの秘密は、こんなところにあるのだ。天然林は一ヘクタールあたり四千本ほどであり、これは計算して植えた人工林より多い。

豊臣秀吉や徳川家康の時代に天然更新した木曽ヒノキは、樹齢四百年以上の見事な木に育っていた。明治から昭和にかけて皆伐され、その跡に人工植林された。その木は樹齢六十年から百年になっているのだが、天然更新された天然木という原則からすれば、これは木曽ヒノキとは言わない。

以上が原田文夫氏の論のあらましである。示唆に富み、刺激的なよい論文だ。生きている森を相手に、さあこれからどうしたらよいかということだ。

伊勢神宮の二十年遷宮のための用材を採る神宮備林に、付知の出《いで》の小路《こうじ》の山がある。ここには樹齢三百年、四百年の堂々たる木曽ヒノキがあるのだが、こうして残った理由は、地形が急峻で思うように伐れなかったからだ。つまり、人間の都合で残されたのだ。

出の小路の森を見ていると、ここまで仕上げるのに少なくとも四百年という時間がかかっているのだと感じる。木は人間にとって必要なものだが、伐ってしまえばなくなる。と同時に、再生も可能なのである。

江戸時代に裏木曽でとられていた伐採方法は、「六十六年一周元付法」という。伐採の計画を立てて伐ると決めた区域は、皆伐するのではなく、伐るべき木を選んで択伐する。残した木はそのまま自然成長する。そして六十六年後に再び伐るべき木を選定する。

伐ろうとする木に十分な時間を与え、成長させるから、森の姿はいつも変わらない。少なくとも人の目には美林と見える。伐りながら、再生していくというやり方である。皆伐は作業が能率的かもしれないのだが、森を根底的に破壊してしまうので、再生に時間がかかる。どちらが合理的かといえば、皆伐は非合理といえる。

ヒノキ、ヒバ、コウヤマキ、ネズコ、サワラを木曽五木という。「六十六年一周元付法」には厳格な決まりがあって、ヒノキ、ヒバ、コウヤマキ、ネズコは直径七寸から一尺三寸までの木を伐採し、サワラは八寸以上はすべて伐採する。一尺四寸以上のヒノキ、ヒバ、コウヤマキ、ネズコは伐採せず、備蓄しておく。緊急用という名目だが、要するに伐らずにとっておくということだ。この木が現代の出の小路の神宮備林をつくっている。

どうしても伐採しなければならない時には、病木、根腐り、風倒木などを先に伐り、広葉樹などの雑木をまぜて伐採する。一本の木を伐るにも、山の姿を見て、全体の調和が損なわれないように気を遣う、ということである。

江戸開発と木曽ヒノキ

2006.9

平城京を開発する際、琵琶湖周辺の森が乱伐されて荒廃し、地すべりなどが起ったということは歴史的な出来事である。どんな文化や文明でも、森林が支えていたのだ。森林が衰えれば、文明も衰退する。

日本史上、新たな都市開発で最も大量の木材を必要としたのは、江戸ではないだろうか。徳川家康がまったく新しい首都構想を持って江戸に幕府を開くことにしたのは、木材供給のめどが立ったからである。

関ヶ原合戦で石田三成の指揮する豊臣連合軍を破った家康が、まっ先に手を染めたのは、豊臣家が領有していた木曽を自分の蔵入地《くらいりち》、すなわち領土に組み入れたことである。山奥の木曽からは木曽川を流送することによって、大量のヒノキ材を名古屋まで運ぶことができる。名古屋からは海上交通を使って江戸まで搬出する。

関八州、すなわち関東の全域を領有していた家康は、豊臣家がいまだ居城を構える大坂からも遠く、手つかずの広大な土地がある江戸に新しい都を建設することを決意する。今後の発展を考慮して壮大な開発をし、その力を諸大名に分担させれば、経済力を弱めることもできる。

江戸は江戸湾から葦原がつづく低湿地である。康正二（一四五六）年に太田道灌が江戸城を築いたが、漁民たちの粗末な家がならぶ寒村であった。葦原は奥までつづき、潮の干満の影響を受けた。海岸から三十キロほどいくと武蔵国の中心地の川越に至り、都市といえるものはそこまでいかなければなかった。

この湿原から水抜きをし、石垣の石を大量に運ぶために、まず運河が開削された。最初に掘られたのは、隅田川の河口から江戸城に向かう道三堀であった。また、この大工事は大量の雇用をともなっていたので、戦国時代の戦後処理でもある社会事業だった。また時代の流れは家康へと向かい、これまで大なり小なり覇権を争ってきた大名に難工事を担当させることによって、忠誠心をはかって関係を再構築することができた。

日比谷のあたりまで入江が喰い込んでいたので、運河開削で出た大量の土砂で埋め立て、神田山などの小さな丘陵は崩された。江戸城を中心として徳川家はまわりを親藩に囲まれるようにと、二百七十あったとされる大名の江戸屋敷を割り当てる。各大名には、藩主のいる上屋敷、藩主の世子《せいし》や隠居のいる中屋敷、藩主の別邸の下屋敷が必要であった。徳川家直属の家臣の旗本と御家人もいる。俗に旗本八万旗というが、この半分はいたようだと推定される。この他に町人や職人たちも集まってくる。

諸大名はそれぞれ用材を手当てして屋敷を建てたにせよ、旗本御家人の屋敷の用材は、幕府が面倒をみた。その用材の多くは木曽ヒノキであった。人が集まれば、橋も架けなければならない。精神文化を担う神社仏閣も必要であったろう。茫漠たる葦原が、百年後の江戸の人口として、武士団が約五十万人、町人が約五十万人で、当時とすれば人口百万人という世界的な大都市に育っていったのである。

江戸は木造家屋が軒を連らね、一軒が燃えるとたちまち類焼した。江戸の名物は火事である。江戸は木材がいくらあっても足りない。最も大量に必要なのは江戸城の建築資材で、つづいて家康は自らの隠居所として駿府城の大改築を行った。天下人家康の居城には惜しげもなく良材が供給された。間もなく尾張藩の名古屋城本丸も竣工した。

はじめは家康の旧領の三河、駿河、遠江などの森が伐られ、天竜川を流送された。それでは足りず、木曽ヒノキ材や飛驒ヒノキ材が主流となっていった。木曽ヒノキは尾張藩の木曽代官が杣《そま》を使って伐採し、木曽川に流送する直営方式だったのだが、爆発的に増大する木材需要に追いつかない。そこで民間の力が必要になる。資金力のある仕出し商人が登場するようになる。都市建設に、木曽ヒノキの果たした役割はあまりに大きい。木曽の森がなければ、江戸も存在しなかったといえるのである。

桜の下の四人比丘尼

2003

　その年、身のまわりに桜が咲きはじめたのになんとなく忙しくて、落ち着かないうちに季節が通り過ぎていってしまった。取り残されたような気分になり、これから花見ができるところはないかと探した。

　日本列島は南北に長く、山も多いので高低差がある。季節の流れもそれほど単純ではない。桜がまだまごまごしているところもあるのだった。調べると、長野県上高井郡高山村の桜が満開である。さっそく長野新幹線にとび乗る。長野市からレンタカーを駆って須坂《すざか》を通り、高山村にはいったとたん、桜の色と香りに包まれた。

　高山村役場で桜マップが発行されていて、それに沿っていくと、見事に花見ができるということだ。水中《みずなか》という集落にいき、しだれ桜を見て圧倒された。桜の花が天に向かってほとばしっている。盛大な花のしぶきを上げながら、薄緋色の滝が天から落下しているように見えた。一年に一度咲いては散りをくり返し、二百五十回たったと推定されている。かつては鹿島神社の境内にあったので、鹿島の桜とも呼ばれている。

　この高山村には、俳人の小林一茶が晩年になり門人を頼ってしばしば訪れた。離れ家まで提供されている。幼くして母と死別し、江戸での奉公もうまくいかず、故郷に帰れば肉親との不和に苦しみ、晩年近くに得た四人の子供すべて死別し、妻とも死別した。一茶の生涯は苦しくて、思いをいたせば涙を誘われる。その悲しい一茶が心から慰められたのが、高山村の日々であった。

苦の娑婆《しゃば》やさくらが咲《さけ》ばさいた迚《とて》　一茶

一茶の思いを胸に抱きながら歩いていくと、野に孤立して精一杯に咲いている桜があった。黒部の江戸彼岸桜である。五百年の美しい桜の下に、高貴な物腰の紫衣の四人比丘尼《びくに》の姿があった。花に誘われて天上から舞い降りたかと思われた。四人比丘尼の動作はゆっくりとしていて、桜の下に茣蓙《ござ》を敷くと、野立《のだて》をはじめた。私は断って写真を撮らせてもらう。すると一人がこういってくれた。

「どうぞお座りなさい。お茶を差し上げましょう」

私はビニール袋にはいったお菓子をいただき、昆布とつくしの佃煮をいただき、瓢箪《ひょうたん》の底を切った茶碗に立てたお茶をいただいた。私は天人に誘われ、風流を楽しんでいるような気になった。話していると四人は京都知恩院の尼衆学校の同窓生で、久しぶりに法友が楽しく集まっているのだということを知る。私のために茣蓙の座を空けてくださった方は、善光寺の大本願上人さまであった。

四人比丘尼にお礼を言って別れ、坪井のしだれ桜のほうにまわった。墓地を抱くようにして咲いている桜は、桜の樹の下には死体が埋まっているという梶井基次郎の言葉を、まさに思い起こさせるのであった。

2003.10

天空の田んぼ

東京の中心部で稲がつくられている。皇居では天皇が田んぼで稲を育てられ、十一月二十三日の新嘗祭《にいなめさい》で新米を神々にお供えになり、自らもお召し上がりになる。日本の神話によれば、高天原《たかまがはら》で天照大御神《あまてらすおおみかみ》が孫の瓊瓊杵尊《ににぎのみこと》に稲穂を授けてから、葦茂る豊葦原中国《とよあしはらなかつくに》に降臨させたということになっている。もともと水の豊かなこの国は、稲のよく実る瑞穂国《みずほのくに》となっていった。稲を授けられた瓊瓊杵尊の子孫である天皇は、自らも稲をつくることによってこの瑞穂国を治めてきたのである。この国の根本は稲作ということであると、私は思う。二千年間、稲作が受け継がれてきたのだ。

皇居の田んぼには誰でも訪れるということはできないのだが、六本木ヒルズなら誰でもいける。現代日本の最先端をいく六本木ヒルズの七階建てシネマコンプレックスの屋上に田んぼがつくられ、柿など里の木が植えられ、日本の農の風景がつくられている。米をつくるということが、たとえどんな時代になっても、日本人の精神の奥深くに根ざしているのだろう。

一・三畝《せ》、一三〇平方メートルの田んぼで、稲の葉が風に揺れている。一平米でいくらの土地だなどと、野暮なことはいわないほうがいい。田んぼの土を運んで植えられているのは、うるち米のコシヒカリと、もち米のツキミモチである。収穫量あわせて一俵（六十キロ）の予定だ。野菜畑も併設され、トマト、キャベツ、ニンジン、ナス、シイタケ、インゲン、トウガラシ、ネギ、オクラなどが順調に育っている。桜やサルスベリの雑木が葉を落として堆肥になり、雨水は循環し、虫や小鳥がやってくるビオトープである。ここは小さな地球なのだ。

「あっ、カエルがいつの間にかきている。ドジョウとクチボソはいれたんですけど。カマキリもいるなあ。私はもともと知らない世界なのに、新鮮な気持ちになります」

私たちを案内してくれた六本木ヒルズ運営本部の秋田朋宏さんはいかにも都会のサラリーマンだが、自分自身でも感動していう。稲の葉にはバッタがとまっていて、水面にはアメンボが走っている。都市のヒートアイランド現象に対する、ひとつの知恵である。田んぼには水が使われるので、木を植えるより温暖化に対する効果は強いはずだ。ビルというビルの屋上が田んぼになる光景を、一瞬私は夢のように思った。屋上を田んぼにすれば重量が増して構造的には問題となるのだが、地震の時には屋上部分を大きく揺らすことで地震エネルギーを吸収し、建物本体の揺れを三十パーセント程度低減できるという。

「黄金の実りになると、みんな感動するでしょうねえ。もちつきして、わら細工ですね」

感動した私は調子にのっていう。すると秋田さんはこういうのだ。

「冬になると、淋しいですかね」

「二毛作にして、冬は麦つくったらいいんですよ」

私はこういいながらまわりを見わたす。高層ビルの谷底にいる。隣りは地上五十四階建ての超高層ビルだ。下が映画館なので、ポップコーンの甘い香りがいつもそこいらへんに漂っているのだった。

新幹線に乗るため、東京駅にタクシーで向かった。たいてい私は新幹線に乗る前、東海道新幹線改札口そばの「ほんのり屋」に寄っておにぎりを買っていく。奥の調理場で、たくさんの女性が温い御飯でおにぎりを握っているのが見える。

今回は上越新幹線越後湯沢駅で降りるので三個と決め、おかか、葉わさび、焼きたらこにした。他には、高菜、ごましお、塩むすび、うなぎまぶし、さけまぶし、天むす、マグロ角煮むすび、若鶏からあげむすびなどがある。ほんのりと温いおむすびにお茶を買って、列車に乗る。なんと幸福なことであろう。


米は楕円型の地球であると、かねがね私は思っている。千年耕しても土壌障害を起こさない。

水と土壌の管理さえしていれば、田んぼは永久に働いてくれる。水田耕作は、アジア・モンスーン地帯の農民が編み出した見事な生き方なのである。

新幹線を降り、新潟県魚沼《うおぬま》郡の穀倉地帯をレンタカーで走る。絶対的な最高級ブランド米である魚沼コシヒカリの産地だ。いってもいっても豊かな水田がつづく。六日町から山にはいり、十日町市、川西町、高柳町とくると、田んぼは平地から山のほうへと上がっていく。こんなところまで米をつくっているのだなと、涙ぐましいような思いに駆られる。

新潟県刈羽《かりわ》郡高柳町は棚田の里である。落合地区でコシヒカリと酒米の五百万石を栽培している大橋栄司さんを訪ねた。大橋栄司さんはこの山の中で二町八反歩の田んぼで米をつくっているとのことである。平野なら見当もつくが、あっちこっちの棚田を全部あわせた耕作面積なのだから、一望のもとに見渡すというわけにはいかない。

軽トラックでつづら折りの急坂を登っていき、山の斜面のいかにも景色のよいところに大橋栄司さんの田んぼがあった。五百万石の稲はコシヒカリにくらべると、全体が大きくて緑が濃い。今年七月中は冷夏気味で、八月になって天候は夏の暑さが戻ってくるとみんな期待している。

「平場《ひらば》が一番いいですよ。うちはお天道様頼りです。今年は入梅の前に水で苦しみました。雨をためても足りなくて、下の川からポンプアップして、さらにポンプアップして、上の池に水を上げました。このあたりは新田起こししてから大体百年目です。昔は苗を大きく育ててからしか植えられなかったので、分蘖《ぶんけつ》（株張り）がうまくできなくて、一反で二、三俵しかとれなかったですけえの。うちの親父は薪を下からしょい上げたけど、絶対上の木は伐らせなかったですけえの」

問題は水なのである。山の上はブナ林で、水を生むブナは伐ってはいけないということだ。太陽は一日に半分あたれば充分で、半日陰のほうがむしろうまい米ができるとされる。大橋栄司さんの田んぼで収穫量は反当たり八俵である。九俵から十俵になると稲が倒れて収穫がやりにくくなり、味も落ちる。

「今百姓してるのが年になったら、ここをやってくれる人がおるかいのお」

七十五歳の大橋栄司さんはぽつりと心細そうにいう。酒米五百万石は、高柳町の地酒「姫の井」になる。米をつくるのが農なら、農の心を生かすのが酒づくりである。

「農家のみなさんがつくるタネモミから、子供を育てるのと同じような心掛けで愛情持って酒づくりをしています」

糀のにおう酒蔵で、石塚酒造の石塚恵一さんは求道者の表情で話してくれた。

花坂地区の大橋輝雄区長に案内され、車で山道を登っていくと、思いがけないところに田んぼがある。さらに登るとまた田んぼがあって、いってもいってもきりもなく田んぼがつづくと思われた。車でいくのが困難な坂道を今度は歩いていくと、溜池がある。水源はさらにその奥にあり、パイプによって導水をしている。ここは日本の棚田百選にも認定された「花坂の棚田」である。花坂新田が開田されたのは、二百年も前のことだ。ここは水源があるので恵まれているといえるが、それにしても一粒の米を得るために、人はどれほどの労苦をしたことであろうか。

あっちこっちの山が田んぼになっている。天空の田んぼである。木を伐り、土を水平にならし、水を導いて水田とする。難儀をいとわず山を水田にしようとした古人の精神と、地価の異常に高い六本木の高層ビルの屋上に田んぼをつくろうとした人の精神とは、案外に太い糸でつながっているとも思える。この国の根底には稲作文化が滔滔《とうとう》と流れつづけているのだ。そのことを確認する旅は楽しい。

田んぼを中央にしてかやぶき集落が環状にならんでいる荻《おぎ》ノ島《しま》の、一軒のかやぶき家に旅装を解いた。山菜をふんだんに使った地元の料理を食べ、農の心を生かした地酒を、カエルの合唱を聞きながら味わう。床に横になると、とたんに眠りがやってきた。二千年の安らかな眠りであった。

越後上布に魅入られて

2007 冬

越後上布《えちごじょうふ》はこの世で一番美しい布ではないかと私は思う。着物とすれば普段着なのだが、格式張らない分だけ着た人の人格がそのまま出てしまう。越後上布を着こなすには、人生が懸かってしまうのだ。人を試す布であるといってよいだろう。

越後上布の糸は苧麻《ちょま》である。原料のからむしづくりからはじめれば、一枚の布が織り上がるまで六十工程あるといわれる。その一つ一つが精緻で、一点の緩みもない。

私は新潟県南魚沼郡（現南魚沼市）塩沢町の駅のそばに工房がある中田屋織物有限会社で、作業の工程の見学をさせてもらったことがある。この美しい布をつくる中島清志さんは、この工程のすべてにたずさわることができ、辛抱強く一歩一歩と進める篤実《とくじつ》な職人である。作家的なひらめきというより、どんな工程でも手を抜かない誠実さが求められる。もし合理的に作業を進めたいと発想すると、たちまちそれが布の表に出てしまう。中島さんは絹の本塩沢も織っているが、麻と絹では扱い方が違い、どうしても絹のほうがいうことをきいてくれるという。つまり、苧麻の糸は人のほうで糸にあわせなければならないのだ。

畑で育てて収穫した青苧《あおそ》を口に含んで粗く裂き、裂けたところに爪をかけて引くと、極細の繊維がとれる。その作業を苧績《おう》みという。爪で裂いた糸は、一反分が同じ太さでなければならない。手作業にもかかわらずである。その糸を一本ずつ捩《よ》りあわせて、機《はた》にかけることのできる強い糸にする。越後の女たちの冬の仕事とされる。雪に降り込められた女たちは、辛抱強く苧績みをしつづけたのである。着尺一反分の糸をつくるのに、一冬かかったとされる。その糸は目方からすれば、金より高価だったのだ。

中島さんはしだいに貴重品になり、手にはいりにくくなった糸をいくらかなりとも貯蔵している。これから先、糸がますます手にはいりにくくなることが、充分に予想できるからである。男は出稼ぎに出かけ、女は苧績みをするという昔ながらの生活のパターンが、完全に壊れてしまった。もし糸が手にはいらなければ、どんなに熟練の職人がいても、布を織ることはできない。重要無形文化財に指定されている越後上布であるが、六十工程のうちどの工程もできなければ、布として成立しない。

その根本の苧績みが、まことに危ういところにきていると、私は思わないわけにはいかない。伝統工芸は一貫した作業の中で完成されるから、越後上布でいえば六十工程が完璧につながっていなければならないのだ。美しいものほど表面からは見えない下積みの部分は多いのである。

中島さんの話はいかにも越後上布の職人らしく、一言一言の言葉遣いにも細やかな気配りが感じられた。中島さんは工房で私に話してくれる。

「苧麻自体が生きもので、気候に合わせて仕事をしなければなりません。糸に気持ちを合わせ、糸と仲良くならなきゃいかん。奥が深いから、のめり込んでいっちゃう。命取りにならないようにしないと」

越後上布は人を魅入らせる布である。着尺に仕立て上げて身に着けたいと願うとしたら、よほどの人物といわなければならない。見ただけで魅入られるのだから、織る人にとってはまさに魔性の布なのである。この布の深さを覗き込むようにして私が魔性という言葉を使うと、中島さんは静かに微笑してつづけた。

「古代からつながってきた技術で、技術そのものは完璧にできてますね。機具《はたぐ》、小道具は改良の余地がないいね。改良して楽をしようとしても、元に戻っちゃうね。糸に合わせて仕事するから、機械にはできない。後の人に伝承していかなければならないいんだけど、これが難しいんだね。昔は雪が深くてほかになんにもできないところでやったんだから、案外恵まれてたんじゃないかね」

人には難儀だったから布にはよかったと、中島さんはいっているのだ、屋根のところまで雪に埋まり、家の中からは苧績みをするひっそりとした気配と、強く織り締めるために機を織る音が聞こえる。つまり、生きようとしているのは、上布だけである。人は布のためにただ存在する。そんな情景を、私は思い描くのだ。中島さんの話はつづく。

「男は藁細工、織る人の手伝い、御飯つくり。女は機織り。今は条件変わって、やりにくくなったね」

生活が難儀だったからこそ人は生きるために奉仕して、雪の越後からはこんなに美しい上布が生まれたと、中島さんは話してくれた。人に難儀を強いるからこそ、越後上布には美が結晶する。だがもうそんな時代ではない。つまり、越後上布は滅びゆく美ということになる。

女たちが織る機を、居座《いざ》り機《ばた》という。椅子に坐る形式の高機《たかばた》よりも原始的な機で、シマキと呼ぶ腰にまわしたベルトで経糸《たていと》を張る。身体を機に縛りつける形である。居座り機は昔から身《み》重《おも》の機がよいとさえいわれているとおり、妊娠した女性がシマキにはいると、前屈みになれないから後ろに反り返り、強く締まった布が織れるのだ。そんな残酷さを人に強いるのである。

足には紐を結び、足踏みして綜絖《そうこう》を開口する仕組みになっている。綜絖とは、緯糸《よこいと》を通す杼《ひ》道《みち》つくるために、経糸を上げることである。緯絣糸は筬《おさ》で軽く打ち込み、つづいて大杼《ひ》で強く打ち込む。衝撃を自分に向かって打ち込むので、腹にこたえる。たえずシマキを引っぱっていなければ、経糸もゆるむ。全身を使うので、腰が痛くなってくる。誰がこようと、たとえ宅配便がこようと、立つことができないのだ。そんな恐ろしさのある布なのである。

黒部峡谷の壮絶な美しさ

2004.7

これまで私は日本の山河の美しいところを、あちらこちらと巡ってきたつもりである。その中で秋の紅葉の風景として最も深い感動をもって望んだのが、黒部川の水とともにある下廊下《しものろうか》の風景であった。

まず宇奈月から黒部峡谷鉄道のトロッコに乗り、欅平《けやきだいら》に行き、阿曽原温泉小屋に宿泊した。小屋の主人にすすめられ、河原に降りる途中にある露天風呂にはいった。向かいの山が、まるで屏風を立てたような紅葉であった。はじめから紅葉を見るつもりでやってきたのだが、時期がうまく当たって、絶景の中にいる自分に気づいた。しかも私は真っ裸の無防備さで、この絶景と対しているのであった。

翌朝、早く小屋を出発して下廊下に向かった。黒部川に剱沢《つるぎざわ》と棒小屋沢とがまったく同じポイントで交わるため、十字の形をしている。十字峡までいって、また阿曽原温泉小屋に戻ってくる計画である。

曇ってはいても、雨が降らないだけまだましだった。陽が当たると山の斜面の片側だけが輝き、もう一方は影の中にはいってしまうのだが、紅葉が両側からよく見えるからよいと思うことにする。

赤、黄、茶と鮮やかな色が山の斜面を染めていて、それは見事としかいいようのない紅葉であった。こんな季節に黒部にはいれるのは、人生の幸せといってよい。五色の炎が音もなく山を這い登っているようで、私の気分も高揚する。

はじめは胸突き上がりの急な登り坂で、やがて崖の岩をくり抜いた道になる。さく岩機と発破とで切り開いたのに違いない細い道は、一歩踏みはずすと千尋の谷底に落ちる。明らかに人が踏み入るのを拒んでいる険阻な下廊下の遡行記録を最初に残したのは、冠《かんむり》松次郎とかいう人で、大正十四年のことだという。だがそれ以前にカモシカやクマ撃ちの猟師が入っていたのである。黒部川の水量を注意し探り確かめながら、川沿いにはいったのに違いない。この絶壁をいくのは、不可能といってよい。その後日本電力が測量のための歩道をつくり、昭和三十二年に関西電力が黒部ダム建設のために補修をした。下廊下は絶景なのではあるが、登山道ではなくて、電源開発の作業道路なのだ。

危険な箇所には足元に板が渡してあり、つかまるための番線が岩に張ってある。この道を管理するためにはたえず人がはいっていなければならず、大変な苦労であろう。板も番線も、三トンの重量に耐えられるということだ。ごくたまに落石がひゅうっと空気を切り裂く音を立て、渓流に落下していく。

壮絶な美しさとは、このことである。垂直に切れ込んだ崖の底の谷から、霞が湧き上がってくる。水と紅葉とはよく似合う。風景に心を奪われないよう危険な道を注意深く進んでいくと、およそ二時間半で黒部峡谷の名所の一つの十字峡に着いた。

水は千変万化し、一定のかたちをとどめない。どのような形にも変化があるのである。黒部川の水は限りなく美しく、時として恐ろしいほどのエネルギーがある。

黒部川をほんの少しだが遡り、私は水の持つ底知れない力を感じたのであった。

VI

西国へ

闇と火の美しさ

2007 春

伊勢では時間の尺度が私たちの日常生活とはまったく違っていて、いつもそのことに感動する。衣食住をはじめとする生活のことや、様々な祭事に、二千年の時が凝縮されている。その一つ一つに出会うたび、私は驚いて立ち止まるのだ。

月次祭《つきなみさい》もそうであった。六月と十二月に伊勢神宮で行われる特別に由緒のある大祭ということで、神宮の起源に関わる祭事である。神嘗祭《かんなめさい》とあわせて、三時祭《さんじさい》または三節祭《さんせつさい》ともいわれる。

遠くから見ているだけではわからないものだから、少しは前もって調べておいた。三節祭とは、天照大神《あまてらすおおみかみ》に年に三度、由貴大御饌《ゆきのおおみけ》を供する。由貴とはこの上もなく貴いことをいい、この山河で産した御馳走のことである。要するに、内宮では天照大神に、外宮では豊受大神《とようけのおおかみ》に大御馳走をふるまう。私はそのように理解した。

神宮より出版された『神宮祭祀概説』等の書物によると、由貴大御饌は三十品目であって、このように説明されている。「その主饌となるものはいふまでもなく、神田の抜穂稲より調製せらるる御飯・御餅と神酒との三種であって……」

主食は米である。まず米がなによりの御馳走なのだ。米より加工した酒までついている。その後に副饌がならべられている。海や大地から産する最高のものである。伊勢の背後には肥沃な大地があり、豊かな志摩の海があることがわかる。今でも大変な御馳走なのである。

野菜は胡蘿蔔《こらふ》（にんじん）と大根の二種、果物は乾柿と香橙の二種で、これらの種類は古くから栽培されていたことがわかる。河魚は鯉と鮒《ふな》の二種、野鳥、水鳥。海藻は海松《みる》と青海苔《のり》の二種、そして中心となる海魚が十二種ある。乾鯛、生鯛、干鰒《あわび》（玉貫鰒《たまぬき》・身取鰒《みとり》）、生鰒、鱒《ます》、鯔《ぼら》、蠣《かき》、海参《なまこ》、乾鮫《さめ》、乾栄螺《さざえ》、乾鰹《かつお》、乾鯥《むつ》である。これに塩と水をそえる。

これだけの材料を集めて一度に料理をするということが、古代に朝廷では行われたのであろう。もちろん特別な料理なのである。しかも調理法は古来の伝統が守られているというのだ。祭祀の中で、生鰒を実際に調理する。祭祀が伝わっていなければ、古代の料理法はとても残らなかったであろう。それがそのままあるのが伊勢神宮の素晴らしいところだ。生物が絶滅したりしてこれらの食材が失われていないことに、私は安心する。

現在でもこれ以上の食材はないのである。手にはいるかぎりの料理を天照大神に奉納し、一つ一つの食物の主宰神に感謝の心をあらわすことも、天と地の間で生きるものにとっては大切な精神の在りようだ。つまり、このことが月次祭の由貴大御饌の精神性であり、古代人の心なのである。

このようなことを考えて、私は夜の九時に内宮の宇治橋前に集合したのだった。寒い時季なのでたくさん着込んでいったのだが、すでに約百五十人が思い思いに防寒着に身を包んで待っていた。

神嘗祭には六百人を越す奉拝者が集まり、どうしてもやや厳粛性に欠ける傾向であるということだが、この寒い夜にこれだけの人を集める伊勢神宮の力を、私は感じたのである。風がないのでましであった。私たちは行列をつくって宇治橋を渡り、太古の闇の中にはいっていく。この深い闇のことを考えただけで、私は心が躍った。闇そのものの美しさに、私はしばらく触れていない。

期待した以上に、神域の闇は美しいと感じられた。忌火屋殿《いみびやでん》の前の広場で、白衣の人が何やらごそごそやっているのが、ぼんやりと見えた。やがて火が焚かれる。そんなに大きな火でもないのに、その火の鮮やかさに感動した。なんらかの形で私たちが毎日使っている火が、ただ単純に焚かれているだけなのに、おごそかさに満ちているのは何故だろう。

森の中でこのように火を眺めながら、何千年も何万年も人は暮らしてきたのだろう。火を見詰めて物語をし、人は心の中を温めてきた。こんな火の鮮やかささえ、私たちは忘れてしまったのだ。火を包んでいる圧倒的に分厚い闇は、火が燃えさかっていようと、微動だにしない。

浅沓《あさぐつ》をはいた神職たちの砂利を踏みしめる音が、遠くの闇から響いてくる。古代から現代の私に向かって近づいてくる時の流れのようにも感じられた。松材を細く割って束ねた松明《たいまつ》の群れが神職たちの足元を照らしながら、森の闇の中をやってきては、去っていく。古代から今ここにやってきた人のように、私には思われた。夢のように美しかったのだ。

遠いので、調理の儀式が見えず、祝詞も聞こえなかった。祭祀の内容はよくわからなかったが、闇と火の美しさばかりが強く脳裏に焼きつけられたのである。

2006.12

伊勢神宮——日本の原郷

なぜ日本人はかくも伊勢へ伊勢へと心魅《ひ》かれてきたのであろうか。

私は高校生の時に修学旅行で訪れて以来、いつしか伊勢の内奥へと一歩一歩はいりはじめ、忘れていた遠い記憶の底と邂逅《かいこう》したように感じてきた。私は日本の原郷と出会ったのである。ここ数年も通いつづけ、このたび本を出した。あらためて、その魅力の一端でも語りたい。

『日本書紀』では第十代を数える崇神《すじん》天皇の御代、一説によれば西暦三世紀前後、国内に疫病が流行して人が多く死に、日夜天神地祇に祈っても農民は恐怖にかられて離反をしつづけた。崇神天皇は自分のまつりごとに何か誤りはないかと考えた。

宮中には皇祖神である天照大神と、地主神である倭大国魂神《やまとのおおくにたまのかみ》の二柱を祀《まつ》っていた。この二柱の神の力を畏《おそ》れ、八百万神《やおよろずのかみ》が共に住もうとしない。これが誤りだということになり、天照大神の祭場を天皇の暮らす政庁から分離した。つまり政教分離をすることにしたのである。

崇神天皇は豊鍬入姫命《とよすきいりひめのみこと》に、天照大神を倭の笠縫邑《かさぬいむら》に祀らせる。次代の垂仁《すいにん》天皇の時代になり、豊鍬入姫命の後を継いだ倭姫命《やまとひめのみこと》が、天照大神の鎮座地を求め、送駅使の五大夫に守護されて巡行をはじめる。五大夫とは軍隊のことであったと思われる。力の関係で鈴鹿峠を越えることができず、北上して琵琶湖東岸の米原までいき、尾張に入れず南下して伊勢に至る。これが大和朝廷の勢力範囲であった。倭姫命の巡行は、大和朝廷の日本国内統一のための布石だったと考えられる。

「常世《とこよ》の浪の重浪《しきなみ》帰する国なり、傍国《かたくに》の可怜《うま》し国なり。是の国に居らむと欲《おも》ふ」

光まばゆい伊勢にたどり着くと、倭姫命はこのようにいった。常世とは、常に変わらず、長寿と富とを与えてくれる国だ。こうして五十鈴川《いすずがわ》のほとりに斎宮を建て、天照大神は落ち着きどころを得た。これが伊勢神宮内宮の鎮宮由来である。後の雄略天皇の時代に、天照大神に食事を供する豊受大神《とようけのおおかみ》が、丹波国から伊勢に遷宮されてきた。こうして外宮ができたのは、内宮ができて約二百年の後であるとされる。

天照大神はあらゆる生命の源の太陽神で、豊受大神はすべての産業の守護神である。お伊勢参りは外宮から内宮へと参るのがならわしだ。稲をつくる人々である日本人にとっては存在を支える根本の神である。

以上が伊勢神宮成立のあらましだが、伊勢神宮の価値は、古代の衣食住にかかわる生活文化をそのまま残していることだ。二十年に一度の式年遷宮は、建物ばかりでなく、神の使うすべての道具や調度を一新するのである。これは稲が毎年育って米をつくるという再生の思想を、神事として表現している。

式年遷宮が定められたのは、天武天皇の飛鳥時代で、約千三百年前だ。同じ頃、一度焼けた法隆寺の大伽藍《がらん》が再建されている。法隆寺は世界最古の木造建築で、一方の伊勢神宮は二十年に一度、稲のように甦《よみがえ》り、古代の生活文化を現代に伝えている。この二つの道が同時につづいてきたことが、日本文化の深さだ。

なぜ二十年に一度の式年遷宮なのか。二十年に一度では木も育たないし、人間の側の都合なのではないだろうか。奈良時代の日本人の平均寿命は三十八歳ほどであったという。唯一神明造《ゆいいつしんめいづく》りの技術を自ら習得し、なお後世に伝えていくため、二十年という歳月はぎりぎりの時間だったのだ。たえず死と再生とをくり返す人間にとって、潑剌《はつらつ》とした文化を気概を保って後世に伝えていくには、まことに理にかなった方法なのである。

よくいわれることだが、永遠の輝きを保つはずの大理石で紀元前四三八年に建てられたギリシャのパルテノン神殿は、幾度かの戦火にみまわれたにせよ、現在は廃墟《はいきょ》である。一方、政教分離の伊勢神宮はもろく腐敗しやすい木と萱《かや》とでつくられているのに、千三百年たっても新しい。伊勢では日本人の本来の精神性である再生の思想を、目を見張るかたちで確認することができるのだ。

伊勢神宮では、米を炊くのも、塩をつくるのも、布を織るのも、頑《かたく》なまでに古代の様式が保たれている。神宮神田で栽培されるのは、ここで生まれた品種のイセヒカリであるが、外宮で調理される神に供する食事、すなわち神饌《しんせん》の火は、檜《ひのき》の板にヤマビワの心棒を激しくこすりつけてつくられる。

この火で米を蒸し上げ、酒、塩、水、鮮魚二種、野菜、果物の九品目を一人前とし、六人前を辛櫃《からひつ》にいれ、古代の装束の神職が担いで、神々の食堂たる外宮正殿裏の御饌殿《みけでん》に朝と夕、少なくとも千五百年間、毎日運ばれてきた。食材もすべての道具も自給自足されるのである。

日本人の原郷として、このように古代の記憶を伝えている伊勢の伝統は、世界の奇蹟《きせき》といってもよいのではないか。過去を振り返り、未来に向かってどう生きたらよいかを示してくれるのが、伊勢なのである。

熊野古道とがの木茶屋往来

2009.9

　和歌山県庁に勤める人と話す機会があった時、思わず私はこう問うた。「もしご存じなら教えてください。熊野古道のやまんば、お元気でしょうか」。その人の顔も瞬間的に明るくなる。やまんばとニックネームで勝手に呼んでいるが、彼女はみんなに愛されているということだ。「お元気ですよ。昔と何も変わらずに仕事をしてはりますよ」。

　熊野古道の拝礼所である九十九王子《くじゅうくおうじ》のひとつ継桜《つぎさくら》王子跡に、「とがの木茶屋」がある。その女主人おこまさんのことである。私はおこまさんとは十年以上も会っていない。おこまさんこと、やまんばが元気だと聞いて、私は嬉しかった。いったい、やまんばはいくつになるのだろう。不老長寿だから、やまんばに年齢は関係ないはずである。やまんばとはじめて会ったのは、私が雑誌の取材で弁慶をめぐる熊野古道の旅をしていた時のことだ。「蟻の熊野詣で」といわれるように、帝から庶民まで多くの人々が京都や大坂から熊野本宮をめざし、そこから速玉大社と那智大社の熊野三山巡りをする道が、熊野古道である。

　熊野九十九王子はアップダウンの激しい山道を行く難行苦行の巡礼たちが休息できるよう設けられた神社で、現在九十五社残っているという。九十九というのは、数が多いという表現である。九十九王子のうちの代表的な継桜王子にはゆかしい造りの茶屋があり、それがとがの木茶屋である。はじめて行った時、その茶屋の縁側に若くはなかったが、鄙《ひな》には稀《まれ》なと形容したくなるような、完璧に身支度を整えた艶やかな雰囲気の和服の女性がいた。謡曲の物語の入口の光景にでもありそうななかで、女性は身体を大儀そうにして日溜まりの縁側でシャム猫を抱いていた。縁側で熱い甘酒を啜りながら、緑を残している冬山の眺望を前にして、私は話すともなく女性と言葉を交わした。ここから少し入ったところは果無《はてなし》山脈と呼ばれ、熊野古道を包み込んだ緑の海がどこまでもつづくのだ。

「いい眺めだねえ。立派な杉だ」。私は思ったことをそのままにいい、女性は猫を放さない。「この杉がものをいうんなら、相当いろんなことがわかるんやけど」。それから山の話になった。その年は鹿も猪もよく獲れたといって、女性はつづけた。「鹿はかわいそうやわ。走る時、脚かばって、ばつばついうよって。その話聞いたら、なんか寒うなってきたわ。猪はなんか憎いんやが」。その話が印象に残った。その何年か後に、私は縁があってとがの木茶屋に泊まった。季節は冬であった。「この季節に一番うまいのはネギやよ。たんとお食べ。みなさんシシがうまいいいよるが、私は好かん」。やまんばは話しながらシシ鍋をつくってくれた。とがの木茶屋のシシ鍋は独特である。薪を燃やした囲炉裏に鉄鍋をかけ、猪の肉と細いネギをタレで煮るスキ焼き仕立てだ。肉は煮すぎては硬くなるので、やまんばが私の手の上の小皿にどんどんのせてくれる。やまんば自身が丹精したというネギが、獣肉の強さをうまく吸い取ってうまい。

煮える速度に、食べる速度が追いつかなかった。冷酒が茶碗にくんであるのだが、飲む時間もないほどだった。それから六年後にとがの木茶屋を訪れた時、やまんばはいってくれた。「よう来てくれはりましたなあ。生きてるうちにまたお会いできるとは思わなんだわ」。改めて数え直してみると、それから十五年もたってしまっている。やまんばが元気だと聞いて、私はうれしいのである。茶屋のそばには秀衡桜《ひでひら》がある。

源義経を最後までかばった奥州平泉の藤原秀衡が植えたと伝わっている。もちろん今のものは何代目かだ。平安時代から鎌倉時代にかけて、熊野三山への巡礼は熱狂的であった。御幸《ごこう》だけでも、後白河法皇は三十四回、後鳥羽上皇は二十八回、鳥羽上皇は二十一回である。いずれも激動の時代であり、殺戮の時代であった。そんな汚れた世から逃れるため、人々は蟻のように列をつくって熊野古道に入り、九十九王子に来るたび、経を読誦し拝礼をし、そのたび世俗の暮らしで身に付いた業《ごう》を祓い清めたのだ。本願の地・熊野本宮に至る頃には、業に汚れきっていた身も潔白となった。熊野本宮の証誠殿には阿弥陀如来がおられると信じられ、速玉大社には勢至《せいし》菩薩が、那智大社には観音菩薩がおられるとされた。人が死ぬ時、阿弥陀如来と勢至菩薩と観音菩薩が来迎《らいごう》し、極楽浄土へと誘《いざな》ってくれる。熊野三山巡りとは、汚れきった現世を脱出し、死後の極楽往生を阿弥陀如来や勢至菩薩や観音菩薩と約束する切実な旅なのである。それはそうとして、私はもう一度とがの木茶屋に行って、やまんばに給仕してもらいながらシシ鍋を食べたいのである。

2007 春

祖先がきた生野へ

一族の記憶というものがある。祖母から聞いた子供の頃の記憶とは、点である。その点を結びつけていくと、ぼんやりした絵が浮かび上がってくる。私にとって播但《ばんたん》線の旅は、記憶の彼方から浮かび上がってくる一族の歴史に向かって一歩を進めたということであった。

栃木県の足尾銅山で坑夫の組頭をやっていた母方の一族の来歴を私がなんとなく聞いたのは、ずっと幼い頃であったろうが、そのことを意識の上にのぼらせたのは大学生の頃である。関西の方からきた、白い塀のまわりを小川が流れている立派な家に住んでいたというのだ。当時は足尾銅山も閉山のほうに傾いていき、飯場制度もとうになくなっていて、私の一族はほとんど宇都宮に暮らしていた。そんな私たちには、「関西」「白い塀の立派な家」などという言葉が、異郷の響きを持っていたのである。

菩提寺に永代供養をし、多少はあった山林などは役場に寄附をしてきたということだ。母までは本籍というと、生野の住所を使っていた。母はそれをそらんじてくれた。「兵庫県朝来郡生野町奥銀谷一四一五番地」というのであった。生野に最後までいた人は、私には曽祖父にあたる片山市右衛門で、その親が寅蔵である。

年寄りの話では、片山市右衛門がごく若い頃、仲間と三人で足尾にやってきたということだ。ぼんやりとした伝承と、確かな史実とが入りまじった話になる。祖母が話すと、広島県福山市の阿伏兎《あぶと》観音を拝んで、鞆《とも》村から船に乗ってきたと、まるで神話のような物語になる。福山市には確かに阿伏兎観音があり、どうやら子育て観音として信仰を集めている。そこまではわかるのだが、生野から播但線でつながっている姫路と、足尾の方向とは、福山はまったく逆である。

祖母は片山寅蔵とその一統は生野の鉱夫から出たトンネル掘りで、若い衆を連れて全国を飛びまわっていたのだという。つまり、トンネルを掘りながら足尾にやってきたということだが、つじつまがあうようなあわないような、よくわからない話になる。

私は姫路にいって播但線に乗り、思い切って生野にいった。私は二十代で、まだ職業的な小説家というわけではなかったが、自分のルーツに関わる小説をいつか書こうという思いがあったのである。生野は、私が子供の頃からいってよく知っている足尾と似た雰囲気がある。鉱山街特有のにおいがするのだ。

生野銀山は日本で有数の銀山で、平安時代の大同二（八〇七）年に開坑されたと伝えられる。銀本位制の上方《かみがた》では、最も重要な鉱山である。十六世紀には織田信長や豊臣秀吉に支配され、徳川幕府は直轄領として代官所を置いた。明治時代になってからもヨーロッパより真っ先にお雇い外国人をいれ、最先端の技術を導入したところだ。日本の鉱山で最も早く黒色火薬で採掘したのは生野銀山で、最も早くダイナマイトを使ったのが足尾銅山なのである。

生野銀山は昭和四十八（一九七三）年三月に閉山になった。足尾銅山は同じ年の二月二十八日である。鉱山は鉱脈を掘りつくすと、閉山になる。それが宿命である。生野は閉山の翌年に「シルバー生野」を立ち上げ、坑内観光をはじめる。足尾でもやや遅れるのだが、坑内観光をする。両鉱山は同じような歴史をたどっているのだ。

生野では本籍地はすぐにわかり、大用寺という菩提寺もじきにわかった。大用寺には片山市右衛門の名で立派な石塔が寄進してあり、永代供養もすませてあった。過去帳を見せてもらうと、確かに祖先たちの名前がある。また「シルバー生野」の展示場には、坑夫取立免状に片山寅蔵の名を幾つも見ることができる。この免状には立会いの親分衆の名も列記してあり、そこに列しているのである。

私の祖先の足跡は、生野にはっきりと刻まれていたのだ。これは疑いようもない事実である。生野の人にすれば、突然栃木県から若いものがやってきて、あれこれ調べ、不思議な感じであったろう。私はその時から少しずつ調査をし、最終的に長篇小説『恩寵の谷』を仕上げたのは、あれから二十五年ほども後のことだ。

明治十年代だと推定されるのだが、関東地方や東北地方には鉱山開発のブームのようなことが起こる。その流れに乗っていた一人の人物が、古河鉱業（現・古河機械金属株式会社）の創始者古河市兵衛である。古河市兵衛はまず越後の草倉鉱山、次いで足尾銅山の再開発に手を染める。富国強兵、殖産興業の国策にのっていったのである。そのためには熟練した鉱山労働者が大量に必要で、関西にスカウトにいったのだと考えられる。

片山市右衛門は新しい土地で一旗揚げようと、青雲の志を持ったのかもしれない。その時生野を旅立った他の二人の名前もわかっている。戸張丑之助《とばりうしのすけ》、生田《いくた》松蔵である。この三人は坑夫の組頭となり、それぞれ飯場を興したので、その名が後世に伝わっているのである。足尾には坑口が、本山、通洞《つうどう》、小滝と三つある。通洞の五号飯場取締りに、戸張丑之助がなった。小滝に、生田松蔵が生野組をつくった。片山市右衛門は通洞に銀谷《かなや》組を興した。明治時代の親分衆の名簿を見ると、この三人が写真などとともにのっている。生野には口銀谷《くちかなや》と奥銀谷《おくかなや》という地名があり、坑口があるのは奥銀谷のほうである。こうして坑夫の組に出身地の名をつけるのは、故郷に対する誇りからであろう。足尾の組の名前を見ると、越後組や八王子組があり、全国各地の地名がつけられている。坑夫は全国から集まったのだということがわかる。

ちなみに生野銀山が閉山になった時には、地下百八十メートルまで掘り進み、坑道の延べの長さは三百五十キロあったという。これは長い時代の手掘りが多いだろうから、よくも掘りに掘ったりという感じがする。足尾銅山の坑道の延べの長さは、千二百三十四キロである。鉄道の長さでいえば青森から新幹線の米原駅までの長さということだが、あの山の中で糸巻きに糸を巻きとったようにして坑道が掘られていったとしても、私にはどうもイメージが鮮明には浮かばない。

坑夫は友子《ともこ》同盟のもとで、一種のコスモポリタン的な存在であった。三年三月十日間の修業期間を修業して、親分兄弟分弟分等一統立会いのもとに坑夫取立式をすませると、坑夫取立免状が渡される。坑夫取立免状を持っていけば、全国どこの鉱山にもいくことができた。一宿一飯の恩誼にあずかることもできれば、希望をすれば働くこともできた。幕藩制度の国境さえも越えていたのだ。

鉱山の入口には必ず友子交際所があり、そこで厳しい作法にのっとった仁義を切る。この仁義によって、それがどれほどの坑夫なのかすぐにわかったのである。怪しいとにらまれると、監視つきで調べられ、親山に問いあわせ、偽者だとわかると逆さ吊りの半殺しにされたりした。また禁止事項がたくさんあり、親分子分の仁義を破った者は、免許は停止になり、厳しい制裁を受けた。

そのかわりに、相互扶助の共済組合の役割もになっていた。冠婚葬祭には見舞金をやり取りし、ヨロケと呼ばれる珪肺にかかったり、事故で怪我をしたり落命をしたりすると、奉願帳が全国の鉱山にまわり、一人米一升を提出した。それがしだいにお金になり、共済組合となっていく。

友子同盟のもとで全国どの鉱山でも自由に往来できたというのが、坑夫の自由さである。私の曽祖父片山市右衛門は仲間二人とともに、坑夫取立免状を持って生野銀山から外部の広い世界へと旅立っていった。それが後に私が書いた長篇小説『恩寵の谷』の骨格である。

石を刻む音

2007.11

石見銀山にいこうとして、道の順番から温泉津《ゆのつ》に寄った。温泉津はその名のとおり温泉であるが、戦国時代には石見銀の搬出港として、江戸時代には銀山への物資運搬の中枢地として栄えた。京見世ともいわれ、華やかさが全体に残っている。石見銀山と温泉津とを結ぶのが銀山街道である。

古風な風情の温泉津の街を走っていて、「浅原才市の生家」という看板を目にとめた。浅原才市の名をはじめて知ったのは、鈴木大拙の著書『日本的霊性』によってであった。才市はこの温泉津で生まれ、昭和八年一月に往生している。五十歳頃まで舟大工で、下駄屋になってから、仕事のあいまに鉋屑《かんなくず》に歌を書きつけた。法悦三昧《ほうえつざんまい》、念仏三昧の中に生きて、ふと心に浮かぶ言葉を思うままに書いた。だがこのために仕事を怠ることはなく、人一倍の働きをした。

「わしが阿弥陀になるじゃない。
阿弥陀の方からわしになる。
なむあみだぶつ。」

自分というものが即ち仏だという自覚が、才市の悟りである。

「なむ仏《ぶつ》は、さいち（才市）が仏で、さいちなり。さいちが悟りを開く、なむぶつ。これをもろ（貰う）たが、なむあみだぶつ。」

才市は仏であり、仏は才市である。仏と才市が円環に繋がれたのは、「なむあみだぶつ」の媒介によってだというのが、才市の悟りなのだ。一般の知性的表現を用いず、ありがたいとか、喜ばしいとか、嬉しい楽しいと感情的な言葉を用い、自ずから仏教上の悟道を語っている。才市にとっては、鉋を削るのが仏道修行だったのである。この生き方を妙好人《みょうこう》というのだが、ここにきて仏教は日本的霊性を獲得し、はじめて日本人の血肉になったのだと鈴木大拙は説く。

日本の思想史上重要な場所が、ここ温泉津ということだ。才市記念館があると聞いていってみると、菩提寺の宝樹山安楽寺で、奥さんがちょうど出かけるところだった。才市の遺品を見たいというと、一度閉めた戸を開けて本堂に案内してくれた。才市の達筆とはいえない素朴な書がたくさんあった。温泉津の街には才市の下駄づくりをした作業場も、近所の人の手で残されている。

石見銀山は文化十三（一八一六）年銀山役人大賀覚兵衛の著した「石見銀山旧記」によれば、鎌倉時代末の延慶二（一三〇九）年周防国守護大名大内弘幸が、妙見信仰により北辰星（北斗七星）のお告げによって発見されたと書かれている。この書物には、大内氏が鎌倉幕府を恨むことがあって謀反を起こし、蒙古に軍兵を乞うと、昔の恨みを晴らそうと軍兵二十万騎数千艘が石見に接岸した。鎌倉幕府は帝に和解の仲介を頼み、石州を大内に与えた。大内は銀峯山《ぎんぶせん》より産した銀を蒙古軍に与えると、悦んで国に帰ったという。莫大な銀があったというのだが、もちろん荒唐無稽な話である。それほどに豊富に銀が産出したということがいいたいのである。

石見銀山は衰亡したが、大永六（一五二六）年に博多商人神屋寿禎《かみやじゅてい》が石見沖を航行し、山が銀色に輝いているのを見た。出雲の金掘り師とともにその山、銀峯山に登り、銀鉱石を再発見した。こうして石見銀山は戦国時代にはヨーロッパにも知られ、ポルトガルの古地図には「ＨＩＶＡＭＩ」（イワミ）の地名が載っている。「石見銀山旧記」には江戸時代初期には石見銀山に人口が二十万人いたと記載され、一旦閉山になる江戸末期には千六十一人になっている。早いうちに衰微したために、石見銀山の中心的遺構は今に残っているといえるのである。

慶長五（一六〇〇）年関ヶ原の戦いに勝利した徳川家康は、高札を掲げて石見銀山の直轄化をはかる。貨幣鋳造に直結する鉱山をまずおさえたのである。約四万八千石、約百五箇村の中心の代官所が大森に置かれた。大森には当時からの町並みがよく保存されている。武家屋敷は道に面して門と塀と庭を配し、奥に主屋を建てる。郷宿や商家などの町屋は道に面したところに主屋を配し、全体では変化に富んだ町並となっている。

この町歩きが楽しい。古い町屋の土産物屋などをのぞき、国の重要文化財の熊谷家住宅を見学する。大森代官所跡に建てられた郡役所は、石見銀山資料館になっている。道に面して休憩用の縁台がだされ、そこに花が生けてあり、住んでいる人の心づくしがある。祖先が築き上げてきた古きものを大切にしようという、日本人の本来持っている美質の感じられるところである。

地下に潜って過酷な労働をする鉱山は、採掘も製錬も最新の技術がもたらされる場所であるが、同時に人の生死があからさまなところでもある。

大森の町並のはずれに、羅漢寺がある。石橋を渡ったところの岩盤に三つの石窟が穿《うが》たれ、石造の三尊仏と羅漢坐像五百体が安置されている。石を自在に使いこなすのはいかにも銀山街らしい。羅漢とは悟りを得て自由自在の境地に至った修行者である。この世にやってきて通り過ぎていった人たちの五百の顔があれば、悲しい別離をしてきた人の顔もその中にあることだろう。死と隣りあわせに生きてきた人たちの切実なる誓願が痛いほどに感じられるところである。

そこから先の山中は銀山柵内で、銀峯山と呼ばれた標高五三七・八メートルの仙ノ山の山腹に、たくさんの間歩《まぶ》、即ち坑道がある。山の道をたどっていくと、岩肌に生々しいのみの跡があり、間歩が暗い口をぽっかりと空けている。この一のみ一のみが、坑夫たちの息遣いであり、ここで生きた人たちのあかしなのだ。

仙ノ山には約六百の間歩跡があるとされる。はじめは無秩序に掘っていたが、間歩と間歩とが坑道でつながることによって、たまっていた水が抜かれ、空気が循環でき、生産性も上がった。

銀山で最大の間歩である大久保間歩から山道を少し登ったところにある釜屋間歩には、人の暮らしがはっきりと刻みつけられている。岩に家の跡がそのまま残っているのだ。水が流れた溝があり、長い長い石段が掘られている。この遺構も、人が一のみ一のみ掘ったのである。石見は全体がここで暮らしたおびただしい人たちの息遣いが感じられる場所なのだ。

2007.3

沖家室島の歳月

周防大島と沖家室島《おきかむろじま》にいったのは、大学の先輩の菩提をとむらうためであった。五十代はじめで亡くなった彼は、学生運動の闘士で、故郷に背を向ける暮らしをしていた。山口県立柳井高校を卒業し、早稲田大学にはいるために上京してから、ついに一度も故郷に帰らずに客死したのである。

しかし、故郷のことをいつも考えていたのを、家族や友人たちは知っていた。酔うと、柳井高校で剣道部にはいって活躍していたこと、祖父と沖家室島に住み、瀬戸内海で泳いだり釣りをしたことなどをよく語っていた。私にすれば、見知らぬ島の光景などをまるで見てきたかのように心の内にとどめているのだから、何度も何度も話を聞いたのだ。家族にすれば、なおさらのことであったろう。彼には夫人と二人の娘さんがいた。

癌との闘病生活の果てに亡くなった彼は、お骨になってしばらく家族のもとにとどまっていた。そして、彼を菩提寺の沖家室島の泊清寺にとむらおうとしたのは、夫人と娘さんたちの思いであった。友人の十五人ほどが、それに同行することにした。賑やかなことの好きな彼らしい見送りとなったのだ。

私たちは東京から広島に飛行機で飛んだ。山口宇部空港ではないかと思ったものだが、マイクロバスで周防大島から沖家室島にいくのに、高速道路が便利だというのだ。それに彼の妹が錦帯橋をつくる海老崎棟梁と結婚していて、橋の架け替え工事の準備をはじめていた棟梁を訪問激励する旅程を組んであったから、広島のほうが便利であったのだろう。

今は周防大島へも沖家室島へも橋が架かっているから、車で走っていくと島という感じがしない。周防大島への長い橋を渡っている時、瀬戸内海の潮がざあざあと流れていることに驚いた。潮の音がして、白波が立ち、激流であった。見た目には穏やかな瀬戸内海だが、潮が速い。この潮の動きをよく知っている水軍は、潮に乗って攻撃し、潮に乗って去っていったのだろう。つまり、瀬戸内海への出入りは、周防大島をぐるっと回るか、この潮を乗り切るしかなかった。

周防大島については、民俗学者の宮本常一の故郷であるという知識ぐらいしかなかった。山がちの耕地の少ない島で、段々畑がいたるところにつくってある。江戸時代の中頃にサツマイモが伝来すると、島の人口が三倍にも増えたという。それだけ貧しいところなのである。その段々畑も、耕す人が高齢化したり島を去っていったりしたためか、放置され草が生えている。

そんなことが、窓の外を流れていく風景に読み取れるような気がしたものだ。

沖家室島はさらにその先にある。沖家室大橋ができたので島という感じはないのだが、以前は当然渡船でこなければならず、何度も船に乗り替えるのが大変だったはずだ。橋がほしいという島人の切実な悲願は、もちろんよくわかる。

沖家室島には中世の頃から人が住みついたとされているが、記録は残っていない。潮の流れを熟知した海賊たちの拠点になっていたことが、天正十六（一五八八）年に豊臣秀吉により海賊禁止令が出されたことでわかる。政治の力によって無人の島となる。伊予興居島より河野家家臣の石崎勘左衛門がやってきて住みついたのが、慶長十一（一六〇六）年だ。つまり、四百年前に開島されたということになる。

その後、朝鮮通信使が帰路寄港し、その後往復とも逗留したこともある。つまり、海上交通の要路であったのだ。浄土宗知恩院の直末寺に泊清寺がなったのは、寛文三（一六六三）年のことだ。以来、泊清寺は島で唯一の寺として、参勤交代の折には大名の本陣となり、藩の役人が常駐し、御番所、御舟蔵、高札場がおかれた。海上交通の要衝として、漁業の基地として、家室千軒といわれるほどに家がひしめきあい、大いに繁栄したという。狭い土地に家が軒を連ねていた時代の様子は、泊清寺の山門への路地を歩いている時などに、わずかにしのぶことができる。

〇・九五平方キロの小さな島なのだが、明治期には人口は三千人を超えた。その後、人口は急激に減った。昭和三十四年は人口千三百四名四百二十五戸、平成十八年三月末には人口百八十七名百二十九軒になった。医者もいない。日本の地方の弱体化を先取りした形の典型的な過疎の島になったのだ。

私の先輩が祖父と島で暮らした昭和二十年代三十年代は、まだ人も多く、海では魚がたくさんとれたことであろう。彼は島のよいところしか見ないですんだのだ。

家室千軒の名残りはあるのだが、空家が多い。かつて沖家室島の人たちはハワイや台湾や朝鮮にさかんに出かけ、稼いだ富を故郷に送って家を建てた。そんなわけで立派な家がならんでいるのだ。

栄えた島の唯一の寺らしく、泊清寺は龍宮門をそなえた立派な寺である。住職の新山玄雄師はまさに島の支柱で、昭和五十八年に沖家室大橋が開通した際、その建設に奔走したということだ。その新山住職に先輩のとむらいの導師となっていただいたことが、東京からやってきた私たち後輩には喜びであった。先輩のお骨を墓に納める時、向かいの海景をしみじみと眺めた。明るい瀬戸内海が真正面にあった。彼はこれから永遠にこの風景を眺めて過ごす。

葉っぱの力

2006.10

上勝町は笑顔の町である。山の畑ですれちがう人も笑顔で、町場で行き交う人とも笑顔で向きあう。笑顔でないのは、上勝の秘密を探りにきた町外からの視察の人ばかりだ。人口二千人とちょっとの町に、なんと年間三千八百人もの人が視察にきたそうである。真剣な顔をしているのは、上勝から秘密を持って帰ろうとしているからだ。

私が取材に訪ねた日も、七町村から視察団がきていた。私たちをいれると、八つのグループが、木の葉ビジネスの「彩《いろどり》」を目的でやってきたのである。町にとっても、株式会社いろどりにとっても大変な負担である。しかも、これまで苦労してつくり上げてきたノウハウを、惜し気もなく教えてしまう。葉っぱはどこにでもあり、栽培が困難な作物などではない。葉っぱは葉っぱなのだから、簡単に真似されてしまうではないか。私がそのことを質問すると、かつて農協職員で、木の葉のビジネスを考案して成功させ、今は株式会社いろどり取締役の横石知二さんは答えてくれた。

「一番のポイントは、意識の改革です。それは簡単にできることではありません。気を育てることが、人や商品をつくるんです。必要な時に必要なだけ揃えなければなりませんから、途中までやってみるよその産地はありますが、すぐ駄目になります」

意識の改革というところに秘密があるのだが、この内容はあまりに深い。つまり、横石さんの話だけではよくわからない。

しかし、現場にいくと、わかる気がする。玄関前の柿の木が葉っぱを降らして掃除が大変だったから、伐ろうとしていたが、今は柿の木一本で年間三十万円稼ぐなどという話を聞く。ミカンや稲は重くて苦労だったが、過疎になって若い者がいなくなり、そこにモミジや柿などを植える。裏山を一回りすれば、葉っぱはいくらでも採れるし、栽培の苦労があるわけではない。情報を流す簡単なパソコンを使いこなし、発注と受注をする。仕組みといえるものはそれだけなのだ。ところが年収一千万円の人もいて、孫にマンションを買ってやったり二階家を建ててやったりしたという話を聞く。

上勝町には寝たきりの老人は数人しかいないそうだ。老人は介護がいらないほどに元気なのだ。介護予防の最も有力なのは、社会参加であり、その中で最も有効なのは金儲けだと、私は理解した。

金儲けをしようとすると、人は頭を使ってエネルギーに満ちるのである。

〝川ガキ〟多数育てる

2002.1

　この夏、私は四国の吉野川で開かれた「川の学校」にいってきた。文部科学省が認めたわけでもないこの学校の課目はたったひとつ、「川ガキ養成講座」である。

　知識に片寄っている学校教育で、忘れられていることがある。子供たちの遊びである。昔の子どもたちは、学校の勉強よりも、遊びのほうが大切だった。遊びの間に、勉強をしたものである。

　遊びによって学ぶことはたくさんあった。川が子供たちには教室だったのである。危険を承知で川で泳ぐことは、自然に対する力を養うことであった。魚をとるために、自然を観察し、自然のことをよく知らなければならなかった。遊ぶことによって、たくさん学んだのである。

　私は川で遊ぶ子供のことを、愛情を込めて川ガキと呼ぶ。この川ガキの姿は、日本の川ではめっきり少なくなった。川ガキの生きられる環境が、なくなっていったのだ。その原因は、水が汚れたことと、水難事故になったら誰が責任をとるのだという人がいて、大人が子供に川に近づくことを禁じたからである。

　これでは川に向かう勇気も、技術も、感受性もなくなり、自然に対して弱い子供しかできない。子供たちが代々伝承してきた子供文化も、消滅せざるをえないのである。

そこで「川の学校」なのだが、こんなふうに大の大人がボランティア活動をしなければならないことが悲しい。まあ、やらないよりは、やったほうがよいだろうということなのである。

たくさんの子供が応募してきて、とても全部は受けられないほどであった。「川の学校」の校長先生はカヌーイストの野田知佑さんである。キャンプ場での夜の挨拶で野田校長はこういった。

「就寝は九時だが、そんなものは守らなくてよろしい。いつまでも遊んでなさい。まわりの人に迷惑はかけるなよ。朝まで遊んでいてもいいが、朝六時には必ず起きること。以上」

その夜、一日川で遊んだ疲れもあったのだろう、子供たちは九時半までには全員消灯して就寝したのであった。

2000.5

昆虫巡査との出会い

大分県日田《ひた》市に行った時、夜の酒場にその土地の人がたくさん集まり、わあわあと宴会をやっていた。日田杉で知られる日田は、筑後《ちくご》川の上流に位置し、鮎のうまいところだ。もちろん酒もうまい。

「彼が昆虫巡査です」

こういわれ、私は一人の男を紹介された。背は高いとはいえず、柔道でもやっていそうながっちりとした男で、頭はきれいに光っている。いかにも精力のありそうな男だ。人なつこそうに微笑をたやさない。彼がいるとまわりは楽しくなるので、酒席からは時折はじけるような笑い声が上がるのだった。

まわりの人の話を聞いているうちに、彼はなみなみならぬ人物と思えてきた。彼の名は佐々木茂美で、その当時は大分県警日田署中川警察官駐在所に勤務しており、建設省河川アドバイザーや大分県自然環境学術調査員をつとめる。昆虫採集では学者からも一目置かれる存在で、警察官として勤務をする以外の時間はほとんど昆虫採集についやしている。大分県の昆虫研究の第一人者で、日田市立博物館には大分県下だけで採集した二千百五十種一万五千頭という膨大な標本が寄贈されている。

それだけなら、めったにいないかもしれないが地方にいないわけでもない人物ということになる。まわりの人が口々に一生懸命に語るので、しだいに私は彼のことがわかってきた。

ある年の初夏、別府市の山中で男の白骨死体が発見された。遺留品はぼろぼろの着衣だけで、ポケットからは虫の死骸がでてくるばかりだった。身元もわからず、死亡時期を推定できない。捜査員はどうすることもできず、ポケットの虫の死骸も何かの手がかりになるかもしれないと昆虫好きの佐々木茂美巡査を現場に呼んだ。

佐々木巡査は昆虫の死骸を見て、たちまち明確な推理をくだした。

死体は一年以上はたっていて、おそらく去年死亡した。死亡推定時期は春先の三月かもしくは四月である。

その理由はこうである。山中で人間にかぎらず動物でも死体がでると、お掃除屋さんが動きだす。最初にやってくるのが蟻で、その次が蠅である。蠅は卵を産みつけ、蛆《うじ》が湧く。そうすると、屍肉や蛆を食べるために、モモブトシデムシ、クロシデムシ、ベッコウヒラタシデムシなどのシデムシの類がやってくる。エンマムシやハネカクシも屍肉を食べにきて、たちまち死体は白骨化する。関節や骨などにこびりついているわずかな肉を食べるため、最後にカツオブシムシがやってくる。こうしてお掃除屋さんがいれかわりたちかわりやってきて、死体の身元を隠してしまうのだ。

これらの虫の死骸には、夏でるのも秋でるのもある。ということは、死体は一年以上はここにあったということだ。蠅のさなぎの脱け殻は完全に羽化している。羽化の失敗がないから、冬を越してはいない。つまり、蠅がきたのは春以降ということになる。お掃除屋さんの甲虫がたくさんいて、しかもその死骸は頭がもげていたりして古いことを考えあわせると、この人物は昨年の夏は死体であったということになる。こう推理していくと、三月か四月に死亡した可能性が高いという結論になる。

警察で行方不明者のファイルを調べ、家族の届け出で着衣の特徴もあい、人物を特定することができた。難事件も、昆虫巡査の推理によって半日足らずで解決してしまう。

「これは小説になるなあ。書いてもいいですか」

みんなの話を聞き終った私は、佐々木巡査の目を見つめ、職業的なひらめきを感じて叫んでいた。ところが、佐々木巡査をはじめまわりの人が申し訳なさそうに目を伏せたり、顔を横に振ったりする。

「実はもうあるんですよ」

こんな声が無情にも私の耳に届く。遅かったのだ。

その本が平野肇氏著『昆虫巡査1 蛘蛎渓谷』なのである。佐々木巡査は向坊巡査として陰のある格好のいいヒーローになっている。私は平野氏に嫉妬している。

2003.3

天草、心の旅

旅から旅の暮らしをしてきた私であるが、美しいものを見たなあという強い感動が余韻となっていつまでも残っている風景がある。天草郡河浦町の崎津天主堂は、間違いなくその一つである。

その時はカワハギ漁をする漁師の船に乗せてもらい、私は海のほうからゴシック風尖塔のある天主堂に近づいていった。樹木の緑に包まれた灰色の気高い天主堂は、人の精神を結晶させたとでもいうように清楚な姿でそこにたたずみ、まわりの風景をも清澄にしているのであった。人のよき精神を建築物として造形するなら、このようになるのであろう。

かの漁師も海に出る時には背後の天主堂に無事を祈り、帰港して天主堂が行く手に見えると、豊漁であっても不漁であっても、こうして生きて在る幸福を神に感謝するのだと語っていた。世界各地にある大教会の建物を見ると、私は権力への意思のようなものを感じてしまうのだが、天草の崎津天主堂は違う。この建築を見ると、純心という言葉が浮かぶ。

天草におけるキリスト教徒の歴史は、酸鼻を極める。血塗られた歴史の底でこそ、人の精神の純粋な美しさが結晶するのかもしれない。

「幕府側からすれば乱となるわけですね。こちら側とすれば、戦いとなるわけですよ」

大矢野町立「天草四郎メモリアルホール」を訪問すると、待っていてくれた今塚廣隆館長と郷土史家の川上昭一郎さんは声をそろえた。もちろんそのとおりである。島原の乱は江戸幕府への反乱であり、農民一揆なのである。

大名がキリスト教を受け入れた一方の理由は、西洋の珍しい品物が武器をも含めて手にはいったという面もある。庶民は台風や長雨や旱魃《かんばつ》の凶作により餓死者が続出し、にもかかわらず重税をかける支配者への反発が強かった。神の前にすべてが平等であるというキリスト教の教えは、人々に受け入れやすいものであった。そこに二十年前に追放された宣教師ママコスの予言が重なる。二十五年後に天地異変が起こり人々は滅亡に瀕するが、この時十六歳の天童が天草に出現し、キリストの教えに従うものを救うであろうというのだ。そこで大矢野中村の益田甚兵衛好次の子、益田四郎時貞はちょうど十六歳であったから、大矢野の宮津教会で天草四郎として一揆軍の総大将に擁立された。

宮津教会跡は大矢野町にある。今は国道の下になってしまったが、教会の瓦が出土したということである。伝説上の人物だと世間では考えられがちな天草四郎であるが、天草にくると影や気配が濃密に残っている。息遣いさえ感じることができる。祖父の代まで住んだとされる屋敷跡が、篠竹の藪になっている。天草四郎は実在の聡明な美少年のカリスマである。

蜂起した一揆勢三万七千人は、廃城となった島原の原城に籠もる。それを包囲する幕府軍は十六藩十二万五千人であった。幕府軍の総攻撃により、一揆軍はほぼ全員が殉教した。天草四郎は負傷して横たわっていたところを、細川藩士陣佐左衛門《じんのすけざえもん》に討たれた。四郎に似た首がいくつも集まったので、幕府は捕らえていた母マルタに首実験をさせ、原城と長崎出島の門前で二度獄門の刑に処した。

以上が世にいう島原の乱のあらましである。それではあなたたちは一揆勢の子孫なのですねと私が問うと、館長と郷土史家から返ってきた答えはこうだった。

「島原半島南部と天草の北部は領民がほとんど死に絶え、幕府は諸藩に命じて九州各地から強制的に移民をさせました。私らはその子孫ですもんね」


天草を旅すると、キリシタンや天草四郎の気配が今なお濃いことに驚かされる。あんなにまでも苛酷な弾圧を受けたにもかかわらず、隠れキリシタンとなり、信仰を今日まで伝えている人がいると聞く。「天草四郎メモリアルホール」裏の丘に登れば、土に沈む見えない部分に十字架を刻んだ墓石がある。本渡市立天草切支丹館にいくと、「天草四郎陣中旗」といわれる縦横とも一〇八・六センチの指し物がある。よくこのように繊細なものが戦闘と歳月とを超えて残っていたものだ。十字架をのせた聖杯の両側には、天使が描かれている。よくよく見れば、天使の顔は九州人だ。上部には中世のポルトガル語で、「いとも貴き聖体の秘跡ほめ尊び給え」と書かれ、血痕や弾痕も生ま生ましく、確かに戦場をくぐり抜けてきたのだとわかる。踏み絵やマリア観音が幾つも展示され、葬式などで仏教教典が読経されるとその経を秘かに無効にするという経壺などもある。キリシタンが存在し苛酷な弾圧や反乱が確かにあって、それらを逞しく生きのびた隠れキリシタンの実在を感じることができる。

天草の土には歴史の血が染みている。まことにおびただしい血が流れたのだが、持続する人の精神と時の流れとがすべてを浄化していくようだ。その歴史を忘れないためにも、天草にはさまざまな記憶装置がつくられている。

歴史の記憶装置と浄化装置として最も機能しているのが、天主堂と呼ばれるカトリック教会である。漁師町のただ中の海辺に建つ崎津天主堂は人の精神の結晶であり、そこから遠くない丘の上に建つ大江天主堂は、これもまた人の精神的な手によってつくられた白眉というものであろう。白亜の天主堂の前に立ち、人間の心の営みの崇高さを私は感じるのだ。

この地で生涯を布教に捧げたフランス人ガルニエ神父が、私費を投じて昭和八年に完成させた天主堂である。建築物としての歴史はそう古くはないのだが、それ以前に流れたすべての歴史が結晶して、この純度の高い美しさがあるのではないだろうか。人の精神の活動があるかぎり、時の流れとともに、酸鼻の歴史も純化されるものである。

天草をいくと、心の旅にならないわけにいかない。

2002.11

熱狂と沈黙——南薩摩紀行

あっちの岸壁でも、こっちの岸壁でも、鰹が水揚げされていた。一つの船には「第十八太神丸焼津」と書いてあり、もう一つの船には「大連」と書いてある。枕崎港には、日本船ばかりでなく、外国の船も鰹を水揚げしていく。それは枕崎が鰹節生産のための鰹を必要としているからだ。

回遊魚の鰹は、南九州の海域には二月下旬の頃大群で押し寄せ、その後黒潮とともに北上してロシアの海域までいき、十月頃に南下をはじめる。これは脂ののった戻り鰹だ。刺身やたたきなど生食用には、脂がのっていたほうが美味である。鰹節には、脂がのりすぎず少なすぎずがよろしい。

遠洋漁業による大型巻網漁で赤道のあたりまで漁にいくため、枕崎港には一年中鰹が水揚げされ、一年中鰹節が生産される。真っ白に凍りついた鰹が、ネットに包まれてクレーンで吊り上げられ、ベルトコンベアーに乗せられ、船倉より後から後から運び上げられてくる。まるで無尽蔵であるかのようである。まじっているビンチョウマグロやシイラなどが見つけられるや、たちまち横にはねられる。作業をする人は無言だが、凍った白い霧が立ち、石のように硬く固まった魚がアスファルトに落ちる鈍い音がして、重機のエンジンが激しく騒ぎ、まさに戦場だ。第十八太神丸六百トンで、水揚げに二日かかるそうである。

このあわただしさとは対照的に、鰹節工場は静かで、時間はゆったりと流れる。丸久鰹節店にいくと、生切りはすでに終り、ぼちぼち二時間半ほどの煮熟がすんだ順から、一個ずつ骨抜きをし、背骨などについた身をとってすり身にしたものを隙間や亀裂に竹べらで埋め込む修繕がおこなわれていた。これから十回も十五回も燻され、表面が削られ、かび付けがなされる。

かびが付くと鰹節特有の香りがつく。こうして本枯れ節と呼ばれる鰹が本節になるのは、半年も先なのである。

「つくり方は昔からまったく変わってません。昭和二十五年に中学卒業して、漁船に乗るか、鰹節つくりするかしかなかったんです」

今年六十九歳になった茶屋久徳さんは、熟練と勘による昔ながらの鰹節づくりにこだわって生きてきた。日本料理の生命線である鰹節は、この頑固な生き方によって守られてきたのだ。

静かさというなら、知覧の武家屋敷の凛《りん》とした精神性を思い出さないわけにはいかない。丹精に積まれた石垣と、枯山水もしくは池泉の庭園を前にして、薩摩武士たちの質素というより無駄を排した高貴な生活様式に、胸が打たれる。ここには二百五十年の歳月が、透明感をたたえて厳然と存在するのだ。

そして、もっと静謐な空気が漲っているのが、知覧特攻平和会館である。人間としての深い葛藤を持ちながら、自らの身を投げていった千三十六人の特攻隊員の、千三十六の物語に、私は涙をこらえきれない。誰もがここにくると静かになる。歴史の重みに沈黙する。それも遠い昔の出来事ではなく、私にとっては父の歴史なのである。私は沈黙の雄弁さというものを感じるのだ。

南薩摩には沈黙した深い歴史を私は感じるのである。

坊津は南西の海に向かってひらかれている。坊津が日本の正史に登場するのは、天平勝宝五（七五三）年のとしの暮れに、唐の高僧鑑真和上《がんじんわじょう》が日本に上陸したその地点としてである。鑑真のことなら、たいてい誰でも知っているであろう。日本に戒《かい》を伝えるため、五度の艱難辛苦の後に失明し、それでもひるまず六度目の航海を試みた。和上が潜んだ遣唐船は屋久島で風待ちをし、波のまにまに、右に薩摩富士の開聞岳、左に野間岳を見ながら進み、昼頃に坊津のうちの秋目《あきめ》にたどり着いた。

鑑真和上のその上陸地点に、千二百五十年の後に、私は立っているのであった。秋目はビローと俗称される沖秋目島を沖合いに浮かべた、深くて静かな入江である。秋の日も暮れなんとする穏やかな入江の波の音を、私は聞いていた。美しいリアス式海岸は、鑑真和上が海からやってきてこの陸地に立ったかと思えば、この風景は貴く気高く感じられるのであった。いつかこの場所にきたかったのだと、私は実際にきてみてから思うのである。

遣唐使が廃止されると、鎌倉、室町時代を通じて、坊津は那《な》の津（博多）、安濃津《あのつ》（伊勢）とともに三津《さんしん》と呼ばれ、対外の貿易港として殷賑《いんしん》をきわめてくる。遣唐使廃止の後、中国との貿易は一応公式には禁止されたから、九州の総元締めの大宰府の目のとどかぬ遠方であり、しかも中国への往来に便利な坊津が、伊勢から発っても堺から発っても、日本で最後の寄港地になった。もちろん中国からきても最初に寄る。

都や大宰府から見れば、山懐深くに抱かれた辺鄙な港である。文献に見るような発展ぶりは正直なところ想像がつかなかったが、坊津町歴史民俗資料館にいき、絢爛たる仏教文化の華が開いていることに圧倒された。涅槃図《ねはん》、仏像、扁額、青磁瓶《せいじへい》など、一乗院に伝わってきたものが、香りと質の高い文化を伝えている。一乗院は寺伝によれば、敏達天皇十二（五八三）年百済僧の日羅《にちら》によって創建されたというから、奈良の法隆寺よりも古い日本最古の寺院ということになる。明治二年の廃仏毀釈により廃寺となったのは、かえすがえすも残念なことである。今は仁王の石像一対が残るばかりだ。

坊津はいわば密貿易の拠点で、密貿易屋敷と公然と名のっているのが、森吉兵衛屋敷である。坊の海岸に面して建ち、下から見たのでは二階の存在がわかりにくく、内部の構造は複雑で、窓から海岸に逃がれやすくつくられている。

「ここは梅崎春生が『幻化』を書いた部屋ですよ。作家が一泊二泊すれば、イメージが湧く部屋だということです。いつでもいらっしゃい。泊めてあげますから」

襲名森吉兵衛、当主の森洋三さんは坊津町の教育長である。森さんの口から、我が敬愛する作家の名がでた。そういえば梅崎春生の「桜島」や「幻化」には坊津の地名が何度もでて、私はそのためにこの土地が気になっていたのである。この二階の部屋は船底づくりといい、天井が狭く船底の形をしている。海産物問屋森吉兵衛は表面上は大陸との貿易などしていないことになっていて、いざとなれば屋敷の窓から屋根づたいに逃げられるように家がつくられている。

作家が原稿を書きはじめたら、絶対に逃げられないつくりになっているかのようでもある。

Ⅶ

南の島へ

奄美と私

八月踊りは、旧暦八月の十五夜前後に、奄美大島のあちらこちらの集落でおこなわれる。よその土地にでていた人もこの日ばかりはいそいそと故郷に帰り、集落ごとに微妙に振りつけの違う踊りを、競うようにして踊るのである。

夕方、私は住用《すみよう》村のある集落で、八月踊りを待っていた。これから祭りがはじまるという期待に満ちた高ぶった空気が、集落に流れていた。学校にはいる前ぐらいの子供たちが十人も集まっていて、意味があるのかないのか、わあっと叫びながら通りを右に左にと駆けていく。

子供たちの身体の中に血が満ち潮のように熱くたぎってきて、押さえきれなくなっているなと、道傍に立っていて私は感じた。奄美大島の祭りは見物していても楽しいものが多いのだが、もちろん祭りはやる人のためのものであろう。祭りをしながら、祖先たちからつづいてきた血の来歴を確かめ、故郷の根を確かめ、この土地に生きてあるという共同性を確かめ合う。こうやって人は生きてきた。

自分が自分である場所。祭りとは、奄美大島の人にとっては、過去から未来へとつながる時間軸のことなのだと、私は思ったしだいである。もちろん風景は美しいが、奄美大島の魅力は

2002.10

何かと問われて、魂が昔のままで生きていることだと、私なら答える。

2003.7

奄美の森の贈り物

奄美大島にいくたび、私は森にはいる。奄美大島には深い森がいたるところにあり、亜熱帯植物が濃密に繁って、美しい景観をこしらえている。川の下流域にいくと、河口のあたりまでヒルギと呼ばれるマングローブの森である。奄美は植物の国だ。奄美に美しいものは無数にあるが、その中で最も美しいのは森ではないだろうか。命の艶やかさが見てわかるものが一番美しいと、私は思うのである。

奄美の森で独特の景観をつくっているのが、ヒカゲヘゴである。ちょっと見るとヤシの木のようで、いかにも南国の風情をつくっている。剽軽《ひょうきん》におどけて踊っているようで、森にはいるとまずこの姿に嬉しくなる。高さ十メートルにもなり、ヤシの風格があるのだが、樹木ではない。木生羊歯《しだ》なのだから、いわば草である。ヒカゲヘゴという名のとおり、日陰を好む羊歯で、鬱蒼と植物が繁っている奄美の森だから生きられる。

このヒカゲヘゴも、常識にとらわれて見てはいけない。幹と見えるのは、茎ではなくて不定根と呼ばれる根で、蜜を滲《にじ》ませる。上からたれている気根が年をへるごとに不定根に巻きついて太っていき、怪奇な様相をこしらえる。太さは一メートルにもなる。葉柄には銀白色の鱗毛が密生していて、露をためる。朝露をたくわえる朝のヒカゲヘゴは、ことに凛《りん》とした気配が漂って美しい。

ヒカゲヘゴはどんな用途に使われるのかと奄美の友人に問うと、なんの役にも立たないとの答えが返ってくる。役に立たないからこそ、こんなにも残っているのだろう。

横にのびた幹は枝や木のまたなどに、身の軽そうなまことに剽軽な植物がとまっている。気根をたらしたオオタニワタリである。土に根をおろすのではなく、湿っ気のある幹や岩に着生し、空中を飛んでいるかのごとく、軽そうに気根を揺らしている。見るからにお道化《どけ》た感じである。道化師が踊っている様子の奄美の森は、不思議の世界だ。

奄美の森にはけんむんが住んでいるとされる。けんむんとは妖怪で、今でもガジュマルの樹に住んでいるという人もいるし、第二次大戦の時にアメリカ軍の姿を見て逃げ出してしまったという人もいる。

逃げたとしたら、どこにいったのだろう。沖縄にいって同じ妖怪のきじむなーといっしょに暮らしているのかもしれないし、きじむなーとともに別の島の森に楽園をこしらえているのかもしれない。新しい伝説はまだ生まれてはこないのである。

今でも奄美には、けんむんを見たことがあるという人がいる。けんむんは五歳くらいで、頭ははげていて真ん中が窪み、おかっぱの髪型をしている。腰は太っているのに脚は細く、サルのようにも見えるし、カッパといえばそのようでもある。よだれを垂らすのだが、よく見るとそのよだれは青白い燐火《りんか》を含んでいる。姿形のわりに動きが速く、人はめったに姿を見ることはできず、存在することさえ感じられない。夏は海にでて魚や貝をたべ、冬は山でカタツムリを食べる。

奄美の友人と森を歩くと、不思議な植物に囲まれて、いかにもけんむんの棲家《すみか》にふさわしいと思えてくる。奄美大島には、けんむん話がたくさん残っている。

一つは、ごく最近の話である。ある人が庭にある古いガジュマルを伐ったところ、一晩中雨戸の外や屋根のまわりで騒いでいるものがいる。ただならぬ騒ぎ方は妖怪けんむんのしわざに違いない。けんむんを家の中にいれさせまいと家族全員が起きて雨戸を押さえているうち、朝一番鶏が鳴くと同時に静かになったということである。

二つ目の話は、ある男が森にはいって行方がわからなくなった。集落のみんなで探したが、見つからない。三日目の朝、男はガジュマルの樹の下でぼんやりしているところを発見された。魂がぬかれていたのである。魂が戻ってようやく男が話しはじめたところによれば、昼も夜も森の中を歩きつづけ、飢えると自然とカタツムリに手が伸びて、それを食べて生きのびたということだ。けんむんに化かされたのだと、みんなは話した。

藪を掻き分け、藪こぎをして急な斜面を下りていくと、見るからに立派な大木にゆき当たった。けんむんに化かされているのではないだろうなと用心しながら、私は大木のまわりを巡る。根が周囲に板状に盛り上がり、がっちりと大木を支えている。オキナワシラカシである。きっと表土が薄いので、まるで建築設計で構造計画をしたかのように根の形をつくり、こうして自らの重力を支えているのだろう。

私はオキナワシラカシのまわりを何度も巡り、幹や根を押してがっちりと土を噛んで立っている姿を見上げる。こうしている間にも森の時間を生き、人間の時間に換算したら何十年も何百年も過ぎたかのように感じるのであった。いい森であった。

荒野とジーパン

2003.11

ブルージーンズをはじめてはいたのは、大学生の時であった。それまで生活全体を何かと管理されていた地方都市の高校から、東京という大空間に放たれて、身に着けたのがブルージーンズであった。

ブルージーンズというと気取りすぎている感じで、ジーパンといった。ジーンズパンツを簡略にしたのである。ジーパンは自由の象徴であるだけに、丈夫であった。ちょっとやそっと乱暴に扱っても、なんともない。

私はジーパンというと、放浪をしていた自分を思い出す。昨日、私は沖縄にいってきた。飛行機で那覇に飛び山原《やんばる》といわれる本部町で琉球藍《あい》の取材をし、再び那覇に戻って泊港の近くのビジネスホテルに泊まったのだった。夜の泊港を散歩しながら、私は昔を思い出したのだった。

「ここは俺のハーバーライトホテルだったなあ」

オーシャンビューホテルともいい、シーサイドホテルともいった。要するに野宿をする場所だったのだ。東京や鹿児島からくる船は那覇港にはいったのだが、石垣島や宮古島や慶良間《けらま》諸島などへの離島航路は、この泊港から出たのであった。東京から那覇港に着き、歩いて泊港まできて、それから小さな船に乗り換えたのである。

だがうまく乗り継ぎができるとはかぎらない。どこかで宿泊しなければならない。ユースホステルは贅沢で、適当な野宿の場所を見つけた。晴れていれば星空天井で、雨が降れば屋根のあるところで、持参の寝袋にくるまって眠った。

泊港には離島航路の船がたくさん繋留され、桟橋には電光の浮きで夜釣りをする人がいて、昔とかわらない雰囲気があった。しかし、海を背中にすると、巨大なホテルとショッピングセンターが建ち、風景はまったく変わった。しかも、港をガードマンがパトロールしている。これでは野宿はできないではないかと、すでにホテルをとってあって野宿をするつもりもない私は、思ったのであった。もちろん泊港だけのことではなくて、野宿をするところは消滅した。

ステーションホテルも、リバーサイドホテルも、パークホテルも、なくなってしまったか様子が変わってしまったのである。

ジーパンは私にとって旅の友であり、生活の友であった。よくあんな旅をしたものだと、今は思う。ジーパンのまま寝袋にはいり、もちろん昼はそのジーパンを着てどこでもいったのである。

今ならさしずめホームレスというところだが、そんな言葉はなかった。無銭旅行といっていた。いつも地面近くから見上げるようにして、世間を見ていたのだ。そこまでして旅をくり返したのは、もちろん楽しかったからである。そして、若い体力にあふれていた。何をやっても楽しかった。

そんな生き方に、ジーパンはまことにふさわしかったのである。砂がついたら払えばよいのだし、泥だらけになっても、いつしか落ちている。濡れてもそのままはいているうちに、知らぬ間に乾いている。タフなジーパンは、タフな旅にふさわしい。

ジーパンは身を守ってくれたのである。今回の沖縄の旅は、たった一人になってしまった琉球藍の製造者を訪ねたからこそ余計に感じるのだが、ジーパンはそもそも藍で染めてある。幌馬車の布を藍染めしたのだ。染色家に聞いたところによると、藍染めをしていると蚊が寄ってこないということだ。藍で染めたジーパンをはいて荒野にいくと、虫や蛇を遠ざける。藍は殺菌効果があるので、傷口に塗れば治る。丈夫な幌布を藍で染めたということは、未知の荒野にはいるのに身を守るためであったのだ。

ブルージーンズをアメリカの西部開拓者がはいたということは、それだけ意味があるのだ。意味と合理性を持ったズボンなのである。日本の各地を放浪し、ハーバーホテルやパークホテルに泊まっていた私は、それなりに自分の身を守る必要があったのである。

あからさまな荒野にいくことも少なくなってしまった現在でも、私はジーパンをはいている。ジーパンにTシャツを着て、その上にブレザーを羽織れば、たいていどこにでもいくことができる。道を歩くのでも、ちょっと気取ったパーティにでもである。

昔から気負ってジーパンをはいていたわけではないにせよ、今も当たり前にジーパンを身に着けている。ジーパンが似合う暮らしとは、荒野を忘れないということである。どんな都会でも、家の中でも、荒野がないということはない。

2004.5

川平湾にて

那覇経由で石垣に着き、車で川平《かびら》に直行した。石垣島北部の川平湾は風光明媚《めいび》なところとして有名であるが、その日は空に雲ひとつない青天で、海はこの上ない美しさで透明感をたたえ深い青に輝いていた。風もなく、こんな日はめったにない。海を見ながら、流れ過ぎていく一分一秒が惜しい気がした。この澄んだ光も、たちまちに失われていくのだ。永遠の時というのは存在しないのだと、わかりきったことを改めて考えたりした。

大型観光バスで観光客がひっきりなしにやってきては、沖のサンゴを見るためグラスボートで出発していく。今日きた人は、私も含めて、運がよいのである。駐車場から団体をひきい旗を立ててやってきたバスガイドが、崖《がけ》に咲く淡く黄色い花の前に立ち止まって話しはじめる。

「これがゆうなの花です。オジーやオバーは、この葉っぱを一枚一枚とっておいて、トイレットペーパーに使ったんですよ」

わっと笑いがひろがり、一行はざわめきながら通り過ぎていく。私がいったのは三月半ばの頃であるが、一月二月三月は八重山《やえやま》では観光シーズンである。これは八重山の気候が特によいからというのではなく、寒い北国の人たちが南島にあこがれを抱くからである。雪に閉じ込められる北海道や東北地方の人たちが多く観光客としてやってくる。

この時期、日本列島は一年中で一番広く大きくなる。来週私は北海道の知床にいく予定だが、流氷の下の海中にダイビングをするつもりだ。知床でも春の気配がないわけではないにせよ、三寒四温で春めいた日があるかと思えば、一メートル先も見えないような猛烈な吹雪にみまわれる。景色としては、完全な冬だ。

もう一年ほども前のこの時期、私は知床から乗り換えはしたが気分としては一気に那覇に飛んだことがあった。何もかもが凍りついた世界から防寒着にくるまって那覇にくると、気温は二十六度で、桜が咲いていた。浮かれた気分になり、毎晩泡盛《あわもり》を飲んで騒いだものである。

私は日本列島の風土の深さというものを感じた。南北に長い日本列島は、この時期には冬と春と夏を同時に持っている。流氷があって、桜が咲き、サンゴ礁の海があるのだ。日本というと狭いという先入観があるが、なかなかどうしてこのバラエティは豊かである。

今回の私の旅は、川平にある泡盛の酒造所を訪ねるのが目的であった。最近の泡盛ブームには、目を見張るものがある。つい最近までは黒麹《くろこうじ》を使うための独特のにおいが嫌われ、沖縄以外ではあまり飲まれなかった。

「毎日六百五十キロの米を蒸して、ほとんど毎日蒸溜しています。三年前までは、蒸溜は一週間で一度だけだったんです」

酒造所の人はいう。つくればつくっただけ、売れる状態であるという。この事態も、日本列島を再発見しようとの気運の流れにあるということなのであろう。

椰子の実としての思い出

名も知らぬ遠き島より
流れ寄る椰子《やし》の実一つ

思ひやる八重の汐々《しおじお》
いづれの日にか国に帰らん

島崎藤村の作詞した「椰子の実」の歌が、南の島を旅する私の耳に響いてくる。沖縄県石垣市の市街地は、埋め立てによって大きくなったところである。桃林寺のある県道七九号線のあたりが、かつての海岸線だったのだ。

二十歳代前半、私はまさに流れる椰子の実のように、寄る辺のない旅をしていた。ある時、私は鹿児島から船に乗って那覇にいき、那覇からまた船に乗り継いで石垣島にいった。当時、沖縄はまだアメリカ軍政下にあり、使われている貨幣はドルであった。

那覇は那覇らしく、石垣は石垣らしく、若い私にはその独自性が強い印象となっていた。一

2004.6

歩いけば新しい発見があるというふうで、旅が楽しかったのである。

私はバックパッカーであった。家財道具一式を詰め込んだ大きなリュックを担ぎ、できるだけ金を使わないようにする旅である。日の暮れたところがその日の宿といったふうで、ハーバーライトホテルとかパブリックホールホテルと自分では呼んでいたが、要するに港で野宿したり公民館に泊めてもらったりしていたのだ。

石垣市では、現在の新栄町や浜崎町や美崎町といったところが大規模な埋め立て工事中で、広大な空地となっていた。埋め立ての土砂は沖から海の砂を太いパイプで吸い上げてくるので、貝殻がたくさんまじっていた。その貝殻も私には珍しかったのである。

私は埋め立て地に野宿をすることにした。段ボールを拾ってきて下に敷き、寝袋を置いて横たわった。まさにホームレスである。しかし、広いところに一人でいると気分が集中せず、何となく不安で、眠ることができない。おまけに野良犬まで走りまわっている。だんだん目が冴えてきた。

なんだか人恋しい気分もあり、私はリュックと寝袋とを持って近くの桃林寺に移動した。本堂の縁側の幅が、身体を横たえるのにちょうどよかった。すでに先客が二、三人いたので、私は一番隅に寝袋を敷いた。ずいぶん遠慮したところで寝ることにしたのであった。

横になっていると、雨が降ってきた。雨脚がどんどん激しくなる。それでも雨戸の締まった本堂の奥に近づくのはおそれ多いので、半分濡れるようなところに横になっていたのだ。やがて寺の奥のほうから誰かがやってくる足音が響いた。無断で寺にはいっている私は叱られると思い、眠ったふりをしながらも身をすくめた。

「そこでは濡れるでしょう。遠慮しないでもっと奥にはいりなさい」

女性の声がこのように響いたのである。慈悲の響きのあるやさしい声は、その寺の大黒さんだった。

あれから三十年もたち、すっかり顔馴染みとなった石垣の友人たちにその話をした。それなら明日桃林寺にいこうということになった。

「それは私の母ですよ。やさしい人でしたから。旅先で困っている若い人を見つけては、よくお寺に連れてきたものです。母はもう亡くなりました」

桃林寺住職はお手前を立ててくれながら、このような話をしてくれた。考えてみたら、私はそのやさしい奥さんの顔を見ていないのである。声を聞いて奥のほうに移動し、朝になると早々に立ち去ったからである。

南海山桃林寺は、一六一一年に建立された八重山で最も古い仏教寺院である。南島らしいおおらかさに満ちた名刹である。

砂糖キビ畑の宝物

2007.7

オサムとはじめて会ったのは、石垣島の飛行場であった。「与那国島サトウキビ援農隊」の三十周年記念の祝賀会が与那国島で行われることになり、私は援農隊の創始者の藤野雅之さんといっしょに与那国に向かっていた。石垣空港で飛行機に乗るため駐機場に向かって歩いている時、挨拶をされたのだ。

「オサムです」

彼はこういった。

私はもう一人のオサムを知っている。援農隊に参加して砂糖キビ畑で働いていた時、私のそばにいることが多かった大嵩長武《おおたけおさむ》だ。長武は小学生だったが、頼りない私よりよほど頼りになった。畑に出るようになって間もなく、私は一家の主人の大嵩長岩《ちょうがん》さんに水牛を引いてくるように命じられた。当たり前のこととして、軽くいわれたのである。

いうまでもないことだが、水牛は大きい。後ろから見ると、象のようにさえ見える。もちろん振り向くと頭には角が生えていて、牛には違いないのだが、そんな大きな生きものを引っぱったことはない。慣れない私のいうことなど聞くとは、とても思えなかったのである。

私がまごまごしていると、小学校四年生の長武がなんということもなく水牛を引っぱってきたのである。鼻に結んである縄を引くと、水牛は従順になる。そんなことも知らない私は、長武をただただ尊敬した。

一週間もたつと、私も水牛を扱えるようになった。刈り取って結束した砂糖キビは、広い畑中に散らばっている。それを拾い集めなければならない。水牛の後ろに荷車をつけ、水牛の鼻を引っぱって移動させながら、砂糖キビを集めていくのである。

ちなみに水牛の必要経費は三年から五年で千円だと、島でよく聞いた。鼻をしばっておくロープ代のことである。ロープのもう一方の端を草にでも結び、水辺につないでおくと、世話をしなくても勝手に生きている。雌ならば、いつの間にか子供を産んでいることもある。必要な時に連れてくればよいので、水牛は経済性が高くてまことに便利なのだが、どうしてもトラクターなどの機械に押されて、島では数が少なくなっている。

長武は今は那覇に住み、妻子を持つ一家の主である。私が援農隊で与那国島にいったのは、藤野雅之さんの著書『与那国島サトウキビ刈り援農隊—私的回想の三〇年』(ニライ社)によれば、一九八〇年のことだったと記述されている。第一回援農隊結成が一九七六年のことだから、第四回目だったのである。

さて、石垣空港で会ったもう一人のオサムである。私は彼の父と友人なのだ。彼の父は文芸家の肖像を主に撮影しているカメラマンで、私は援農隊の体験の後、彼と雑誌の取材で与那国島を訪れた。彼と与那国島との縁はそうしてはじまったのだ。

　彼は息子の教育に悩んでいた。私は正確に語ることはできないのだが、いじめを受けたことによる引き籠りだったか、首都圏に暮らす彼には解決のできない問題を抱えていた。そこで大嵩長岩さんに相談し、思い切って息子を与那国島に連れてきた。大嵩家のすぐ近くの自動車修理工場の二階に住み、自動車修理工場の仕事や畑仕事を手伝った。その息子がオサムなのだ。

　大嵩長岩さんは心のやさしい、困った人への面倒見のいい人である。私は大嵩家に住み込んで本当に幸運だと思っている。与那国島の砂糖キビ農家を助けるというのが援農隊の目的であるが、苛酷な労働を志願する援農隊の多くの若者は、この南の絶海の孤島に宝物を見つけにきたのである。

　私もたくさんの宝物をもらった。土を耕して島で生きる人の姿を目のあたりに見せてもらい、気がつくと自分もそのようにしている。私は砂糖キビ畑の泥の中に落ちている幾つもの宝石を拾うようにして、幾つかの小説とたくさんのエッセイを書いた。与那国島の砂糖キビ畑で働いたことは、私の誇りである。

　私は汗まみれの仕事の中で、ここには人間を回復させる力があると感じていた。もし私の子供たちが人生につまずいたら、砂糖キビ畑に連れてこようと考えていた。その場合、もちろん私も汗を出していっしょに働く。私の息子は人生につまずいたわけでもなかったのだが、自ら志願して二シーズン与那国島の砂糖キビ畑で働いた。

オサムの与那国島での詳細を、私は知らない。ただ惚れぼれするような青年がそこに立っていたのである。オサムは島の女性と結婚して子供をつくり、今は与那国町商工会の青年部長になっているということである。ナイチャーとしては、島では特段の出世というところである。オサムは砂糖キビ畑にある力をうまくつかんだのである。援農隊のメンバーも男女を問わず島に残った人がたくさんいて、それぞれに人生の宝物をつかんだようである。

Ⅷ

海の彼方へ

永遠の放浪者たりえず——金子光晴「ニッパ椰子の唄」

1999.4

金子光晴「ニッパ椰子の唄」をはじめ詩集『女たちへのエレジー』にのっている詩に、また紀行「マレー蘭印紀行」に触発され、私はマレー半島に旅をしたことがある。シンガポールで長距離バスを見つけ、ジョホールバルからバトパハにいったのだった。そこにあるのは、金子光晴が生きいきと描写したとまったく同じ光景であった。私は金子光晴が足跡を残したおよそ五十年後にいったのだが、それから五十年たっても百年たっても、景色はほとんど変わらないのではないかと思えた。

言葉とは不思議なものである。バトパハでは景色は詩や紀行文の世界と変わらないと私は感じたのだが、それはきっと金子光晴の目になって一生懸命まわりを見渡していたからだ。何を見ても心象風景にしてしまう金子光晴の目が、私は好きだった。

バンジャル・マシンをのぼり
バトパハ河をくだる
両岸のニッパ椰子よ。

ながれる水のうへの
静思よ。
はてない伴侶よ。

こう描かれたバトパハ河の川岸にいると思っただけで、私には高ぶるものがあった。もちろんバトパハ河が、マレー半島にある他のどんな川とちがっているというわけではない。金子光晴の心象風景にすぎないのだともちろん私はわかっているのだが、ミーハーのようなことをしてしまった。

金子光晴が旅の絵師として旅装を解いた日本人クラブは、華僑のスポーツクラブになっていて、若者たちがビリヤードに興じていた。だがそのことを見たからといって、なんになるのだ。

正直にいえば、私は旅の口実がほしかったのである。あらゆるものが私を旅へと誘い、その最も強力な磁場であったのは、金子光晴の詩であった。私は詩の言葉が生まれた光の中に、自分の身を置きたかった。私の口から金子光晴のような言葉が生まれてくるとはとても思えなかったのだが……。

これまで無意識のうちに幾度となく見ているニッパ椰子も、金子光晴の言葉とともに見るバトパハ河のは存在感が違った。大王椰子、徳利椰子、くじゃく椰子などとちがい、ニッパ椰子は川岸の水際に生える。屋根の材料に使われるくらいで、ほとんど人の役には立っていない。

金子光晴は余計者としての自分を、ニッパ椰子になぞらえているのだということが、胸に迫って実感される。ニッパ椰子は人の役に立とうなどということを考えず、ただ自分のために生きている。世の片隅にいるのかもしれないが、それにはそれの真実というべきものがある。

ニッパはみな疲れたやうな姿態で、
だが、精悍なほど
いきいきとして。
聡明で
すこしの淫らさもなくて、
すさまじいほど清らかな
青い襟足をそろへて。

こんな言葉を味わった後で眺める水際のニッパ椰子は、葉に太陽の光を透かせて美しく清潔だ。もちろんここには、必ずしも時代に受け入れられたのではない金子光晴の鬱屈した心情がたくされている。ニッパ椰子自身はニッパ椰子の日常を送っているにすぎないのであって、どんな思い入れを向けられたとしても、それは一方的な他者の思い入れにすぎない。どういおうと、ニッパ椰子は岸辺に群れをなして繁っている植物にすぎないのだ。

私はこれまで「ニッパ椰子の唄」を数限りないほどに読んで、いつも決まって立ち止まるところがある。

「かへらないことが
最善だよ。」

それは放浪の哲学。

私は一時の放浪者にすぎず、帰ってきたのである。金子光晴もいつまでも東南アジアのねっとりとした光に練られていたのではなく、湿気が多くて黴《かび》のにおいのする祖国に、帰ってしまったのだ。永遠の放浪者ならば、詩集などつくろうと思わなかったに違いないのだ。帰ったことにも私は共感を覚える。

マレーシア再訪――経済発展で変わったこの国の風景

2002.10

二十年前に訪れたマラッカにいき、海洋に建っていたサンチャゴ砦が、埋め立てのため町の内部にはいってしまっていたことに驚いた。古風な石積みのサンチャゴ砦は、一五一一年にオランダとの戦争にそなえてポルトガル軍によって築かれた。大砲は海のほうを向いていなければならないはずだが、大砲の前にあるのはショッピング・センターやレストランである。地形さえ変わり、街の機能はどんどん移ろっていく。

本当に二十年ぶりにマレーシアを旅して最も驚くのは、風景さえも変わってしまっているということである。全国にあったゴム園もめったに見られなくなり、そのかわり見渡す限りヤシ園になった。油脂をとるためのヤシ園にすれば、月に一度か二度、収穫のために足を運べばよい。ゴムならば、樹液をとるための朝と午後と二度いかなければならない。経済の効率ということでいえば、まったく違うのだ。かくしてマレーシアは隅々まで景色が変わったのである。

クアラ・ルンプールに向かう途中も、整然とした都市計画によってつくられた小都市がたくさんある。そんな計算されつくしたところをいくつも過ぎて、クアラ・ルンプールにはいり、郊外のバトゥ洞窟寺院のあたりにいくと、かつてこのあたりに満ちていたに違いない野生の力を感じてほっとする。

二百七十二段の石段を登っていくと、大鍾乳洞になり、そこがそのままヒンドゥー教の寺院になっているのである。一体にシンプルなモスクと違い、ヒンドゥー教は神々の姿も人間に近いためリアルで、けばけばしい。そんなヒンドゥー寺院も、この大洞窟の中では風景のほんの一部に過ぎない。自然の力に対して謙虚である。

蒸れたような臭気がするのは、猿がたくさん棲みついているからだ。崖の上のほうから、こちらを見つめる幾つもの目がある。油断をすると、素早く駆け降りてきた猿に、持っているものをとられるという。こんな生きものの存在があると、すべてが人工空間に変えられようとしているこの国で、心が安堵してくるのであった。

クアラ・ルンプールの市街地にはいると、なんといっても目立つのが銀色の巨大なロケットを二台ならべたようなペトロナス・ツイン・タワーである。今やクアラ・ルンプールのシンボルは、ムルデカ・スクエア（独立広場）ではなく、マレーシアの経済発展の記念碑であるこの建築物であろう。一九九八年に完成したこの二本のタワーは、それぞれ受注した日本と韓国の建設会社により競って建てられたのだ。

建設中は、つくらせるほうも、現場で施工するほうも、天に向かって突き進んでいくような気持ちであったろう。しかし、アジアの経済発展に陰りがでてきた今、ペトロナス・ツイン・タワーの輝きに、曇りもないというわけにはいかなくなったのである。

微笑の国からの幸福のおすそ分け

2010 春

メコン川を渡し舟で渡ると、そこはラオスである。入国カードは書くにしろパスポートにスタンプをもらうだけの簡単きわまりない入国手続きをして、鉄道の地方駅に降りたかのような広場にでた。民際センターのジョイとトムとが微笑とともに待っていた。トムは女性で、あの酸っぱいスープのトムヤンクンのトムだと説明を受けた。

買えるものなら何でも手にはいるカムアン県ターケークのラクサーム市場でゴムゾウリを買い、カップの底にコンデンスミルクが沈めてあるラオコーヒーを飲んだ。久しぶりに訪れた東南アジアの熱帯の感触が、私は嬉しかった。今夜は村に泊まれるのでなお嬉しい。

アスファルト舗装された県道から、田んぼの中をまっすぐに伸びる赤土の道をいく。太陽の光を浴びた稲の生命力の露わな濃い緑が、眩しい。赤土の道は少し多く雨が降ったら、ぬかるんで歩けなくなるだろう。やがて田んぼの先に、もっと濃い緑の樹木に包まれたカムアン県ノンボク郡ハドシェンヂー村が、大地からせり上がってきた風船のように現われた。人口千五百人の村である。

村の集落にお歴々が集まっていて、四輪駆動車で着いた私たちを歓迎してくれた。カムアン県教育委員会のウペット先生、ラスウォーン村長、ナロン副村長、ゴーン前村長、ハドシェンヂー小学校のカンポン校長先生、隣の中学校のヴィレワン校長先生、その他よくわからない人多数である。みんな笑顔で待っていてくれた。ラオスは微笑の国だと知る。やがて小学生たち大勢が集まってきて、私たちは日の丸の小旗が振られた拍手の中をくぐっていく。私はよい因果の中を歩いているのだと身に染みて感じた。もちろん民際センターやドナー（奨学金支援者）や篤志家がよいことをしたからこそ、一点の疑いも感じられない柔らかな微笑に私も包まれていることができるのだ。なったばかりのドナーである私も、彼らと同じ微笑を浮かべているのだろうかとふと不安になった。

村長の家で床に茣蓙《ござ》を敷き車座になって心尽くしの昼食をいただき、村の中心にある寺院に移動した。寺には仏像のある本堂と庫裏《くり》と集会場がある。集会場には小学校の全校生が集まっていた。私たちがはいっていくと、全校生がいっせいに胸の前で合掌し小首を軽く傾けて微笑んでくれた。大人たちも同様の仕種をする。こちらの人の挨拶のやり方はなんとも魅力的だ。

「これまで日本のドナーが暖かい目と心によって、民際センターを通して私たちを助けてくださったこと、特に建築中の校舎への援助を感謝します。日本からの三人がよい旅ができますようにと、祈っております」

カンポン校長先生がこんな挨拶をした。私が今年からドナーになった三年生のソンサワン・

チッタマードちゃん（八歳）がお礼のために両親ときていた。確かに私は彼女のために毎年一万円を援助しているが、一方的に布施しているのではない。私に社会への眼を開かせてくれ、光のような感謝の微笑を向けられ、彼らからの私への布施はその何倍もある。布施とはお互いにへつらわないことである。

ソンサワンは子供らしくいかにも愛くるしい子だった。四人兄弟の二番目で、上にお姉さんが一人いて、下は弟と妹だ。ソンサワンは少し緊張しつつもはっきりという。何度も練習してきたのかもしれない。

「小学校を卒業して、中学校と高校を出て、中学校の先生になりたいんです。この村で子供たちに勉強を教えたい。尊敬するのは、先生です」

ラオスでは小学校までが義務教育で授業料は無料である。家が貧しいので子供たちは働かねばならず、学用品も買えないので、小学校の途中で学校にいかなくなる子も多いのだそうだ。付き添ってきた両親は太陽の下で働いているとみえ、精悍に日焼けしている。土とともに生きている人は万国共通の意志の強そうな、だが心の底ではいかにもやさしそうな顔立ちだ。目が澄んでいる。お母さんがいう。

「私たち家族は、助け合って生きています。米をつくっています。モチ米です。一年間米つくって、収穫量は食べるのに二カ月分足りません。足りない分の米は親戚にお願いして借りて、なんとかやっています。農業一筋で、出稼ぎの経験はありません。親の土地の許された分だけ

耕しています。夫と私はこの村の出身で、恋愛結婚です。ラオス人はあまり見合いはしませ
ん」

何人かの子供たちと話してから、村をまわった。ソンサワンの家は小学校のすぐそばにある
高床式で、電気を自分の家専用に引くと金がかかるので、親戚の家から月一万キープ（約百
円）払って引かせてもらっているということだ。村内では、女たちがあっちでもこっちでも花
茣蓙を織っていた。沼の葦を乾燥させて裂き、化学染料で紋様になる部分を染め、機《はた》で織る。

夕方、寺の集会場に大勢の村人が集まった。アルミの大皿に菓子が積んであり、バナナの葉
で織った飾りものが立ててある。バーシー・スークワンの儀式が行われた。
長老の祈りがはじまり、前列のものは大皿に手を置いて頭を垂れる。祈りが終ると、客人で
ある私たちのところに老若の主に女性たちが押し寄せ、手首に白い糸を巻く。一人一巻きだが
人数が多いので、腕に包帯が巻かれているようになった。良き縁を結ぼうということなのだそ
うだ。巻きながら、あなたが幸せになるようにとか、無事に旅ができるようにと祈りごとをす
るそうである。私の両腕は糸だらけになる。ずいぶんたくさんの縁を結んでくれたものだ。こ
んな儀式にも、因果を大切にする仏教の教えと、人々のやさしさとを感じる。一人一人の優美
な笑顔を見て、ラオスは微笑の国だと改めて改めて知る。
村の女たちの心尽くしの料理がその場にならんだ。食事の後、雨が降ってきた。広場で盆踊

りをすることになっていて、化粧をし着飾った娘さんたちがよその村からもやってきていたのだが、激しい雨はいっこうにやまず、とうとう中止になってしまった。

民宿になっている家に帰った。眼光の鋭い主人が、扇風機を動かしたり止めたりいつも私たちのために注意を払ってくれていた。かつてはパテトラオ（ラオス愛国戦線）のゲリラ兵士だったと奥さんがいっていた。一人娘は二十六歳になるのだが、離婚し、十歳と六歳の娘を親に預けてバンコクに出稼ぎにいっている。金は送ってよこすが、一年に一度も帰ってこないそうだ。これが村の現実である。

水浴場で水をかぶり、身体を冷やしてから眠った。それでも相当暑い。


今日は小学校で奨学金の授与式が行われる。タイでは奨学金は必要な時に引き出せる預金通帳の形で提供されるのだが、ラオスやカンボディアでは村に銀行がないので、年に一度学用品の現物支給となる。教員六名（男三、女三）、生徒百六十八人（男七十七、女九十一）の小学校は雨洩りがひどく、壁もない有様なので、日本の篤志家の協力を得て民際センターが現在新校舎を建築中である。頑丈な煉瓦の壁は立ち上がっていたが、工事は遅れている。大きな建設会社がなく、職人の数も足りないからだ。だが子供たちの目の前で、ゆっくりではあっても確実に、校舎は形をなしていく。建築の騒音を聞きながら、子供たちはいろいろなことを考えるに違いない。それが教育だ。

旧校舎で授業が行われていた。たとえ窓はあってもガラスは一枚もなく、屋根があっても大穴があき、柱は今にも倒れそうなほどに傾いている。嵐どころか、少し強く雨が降ったら授業にならない。校庭に仕切りがあるわけでもない隣の中学校の校舎は、村人たちが山から木を伐り出してきて独力でつくったということだ。

小学校の奨学金授与式がはじまった。奨学金の学用品現物支給を受ける子供たち十九名が、神妙な顔をして廊下に整列した。子供たちに今日渡す学用品は、結婚式の引出物でもあるかのように透明セロファンできれいに包まれ、華やかにリボンがかけられて、教室の正面にならべられている。昨日村長の家にあったものだ。鉛筆やノートや制服や鞄や一年分の学用品を村のみんなで気持ちを込めて包んだのだろう。奨学金のその包みが未来を指さし、一際《ひときわ》ピカピカと光を放っているかのように感じられた。

奨学生の一人一人の名を呼び上げ、その一人一人に校長先生が学用品を渡す。身体の小さな奨学生が両腕を伸ばし背伸びをし、緊張しきった表情で受け取る。元の廊下に戻ると、子供たちは安堵して笑顔をつくる。光が弾けるようなその笑顔が心に染みた。

たくさんの笑顔に囲まれて、私も幸せだった。宝物のような幸福のおすそ分けを、確かにもらったと思った。

立松和平がゆく「ダブリン」

2006.1

以前に私は一度アイルランドの旅をしたことがある。ペルーのアンデス山中にあったジャガイモを、インカの征服者スペイン人がヨーロッパ世界にもたらした、その流れを追跡した時だ。当時、フランスはルイ十四世の治世で、王妃マリー・アントワネットは、ジャガイモの存在を人々に知らしめるために、ジャガイモの花を髪や胸に飾った。庶民はジャガイモをパンに焼いた。私もそのパンをパリで食べた。熱いうちにはそれなりの味があるが、冷えれば極端にまずくなる。食料ならジャガイモといえどパンにしようと発想するのが、いかにも食の国フランスである。長い歳月かかってつくられた民族の味覚とは、歴史そのものであるから、簡単には変えられない。

ドイツのフリードリッヒ大王は、とりあえず王立の植物園でジャガイモを栽培させた。ジャガイモこそ飢えを救う新しい食料だと少しずつ宣伝をし、植物園の門を開け放しにし、芋を庶民が盗むにまかせた。いつしかジャガイモは国民の食料となっていった。

アイルランドでは、為政者はなんの苦労もしなかった。必要な食料として、たちまちのうちに広がったのである。人々はそれほどに飢えていたということだ。幸いなことにジャガイモは痩せ地でもよくできた。

そういえば私がその時に旅をしたアイルランドのアラン諸島のイニシュモア島では、土壌のない岩盤に海草を担ぎ上げては豚の糞を混ぜ、五十年がかりで芋を育てるための土をつくっていた。島で食べるジャガイモがほっくりとしてうまいのは、人の労苦の歴史をたっぷりと吸っているからだと感じ入ったものだ。

ジャガイモはヨーロッパに滋養を与え、人口を爆発的に増やした。しかし、アイルランドだけは別だった。一八四五年にジャガイモに立ち枯れ病が出た。そもそも地味の薄い土壌に無理な栽培をしたため、連作障害が出たのだろう。立ち枯れ病はアイルランド全土に広がった。当時アイルランドはイギリスの植民地で、宗主国イギリスは、なおかろうじてできる麦を税として搾りつづけた。飢饉が起こって百万人が餓死し、百万人以上が主にアメリカへの移民となったという。現在、アイルランドの人口は約四百万となったが、なお大飢饉前の人口を回復していないのである。一国が滅ぶほどの大飢饉が百六十年前にあったとは、現在の私たちにリアリティとして想像するのは困難である。

さて、私たちは司馬遼太郎さんの後を追って、アイルランドのダブリンにいる。

「ダブリンから南のほうに、森があって渓流が流れていて、幽邃《ゆうすい》といった感じの地があるんですけれど」

こういって司馬遼太郎さんをグレンダロッホに誘ったのは、「その視線をあわてて拾ってあげたくなるような、かぼそげな少女」であった岡室美奈子《おかむろみなこ》さんであった。私たちはアイルランド人と結婚した仙台人の三枝子《みえこ》コンウェイさんの運転するバンで、南に走った。ところどころヒースのピンクの花が咲いている牧草地は、めくり上げればカーペットのように巻き取ることができそうな薄い泥炭地である。

ダブリンのある東海岸は、痩せた泥炭地であっても少々の土壌はあるが、西海岸は岩盤の大地で、ますます土は稀薄になってくる。これでは牧草畑ぐらいしかできず、牧畜が主産業になるのは仕方がないところだ。

「グレンダロッホに七回来るとバチカンに一回行ったのと同じ」

総本山バチカンにお参りに行くのがカトリック教徒の終生の夢だが、その七分の一くらいは地元のグレンダロッホも有り難い聖地だとアイルランドでは昔からいっていると、コンウェイさんが教えてくれた。海を渡ってローマまで巡礼にいくなど不可能な時代に、いかにもグレンダロッホは尊い聖地だったのであろう。そこは確かに、森の中を渓流が流れ、石の遺跡などもあって、幽邃の地である。

ここは日本でいえば、仏教が受容された飛鳥時代にあたる六〜七世紀に、アイルランド初期教会が建てられたところで、聖ケヴィンが隠者としてまず訪れた。やがて信奉者が住みつき、教会群が形成された。

高さ三十メートルの円塔（ランド・タワー）は今でも堂々と大地を踏みしめて建つ細長い巨大な建造物で、当時の建築技術の水準の高さには驚嘆すべきものがある。大聖堂はいかにも頑丈そうな壁だけが残っているが、台所と煙突のある一般の家に外観が似ているから「聖ケヴィンズ・キッチン」と俗称されている礼拝堂は、石屋根まで完全な形で歳月に耐えてきた。ここで修道僧たちは麦を作り、牛、羊、山羊《やぎ》、豚、鶏を飼育して完全自給自足の祈りの生活をし、グレンダロッホ教典をつくった。九世紀から十世紀には北ヨーロッパのバイキングにたびたび襲撃され、教会を破壊され、捕虜を連れて行かれたとされる。一六三〇年には大司教からローマ法王に、教会群のすべてが廃墟になったとの報告書が出されている。

周囲には修道士の墓のケルト十字架が林立していた。この不思議な十字架は、中央部が円形と組みあわせてある。この円形はキリスト教以前のケルト人の太陽信仰と融合したとも、古代の輪廻《りんね》転生思想と合体したとも伝えられる。

アイルランドへのキリスト教伝来は、五世紀前半の聖パトリックによってである。聖パトリックはアイルランドの住民ケルト人の土着信仰を排除せず、柔らかく包摂する形でその上からキリスト教の教義で包んだという。父（神）と子（イエス）と聖霊は一体だという三位一体《さんみいったい》説を、三つ葉のクローバーで説明した。ダブリンには、シンボルとして三つ葉のクローバーがあふれている。アイルランド観光庁公認ガイドを示すバッジも三つ葉のクローバーで、三枝子コンウェイさんの胸にも飾られている。ダブリン市の中心には、三位一体《トリニティ》カレッジという名前の大学がある。

「このアイルランドに入ったカトリックが、他の国に入ったものとちがい、古代宗教（ドルイド教）に寛容だったとはいえ、しかし祀《まつ》られることを失った古宗教の神々が、野や森をさまよいはじめたのも、この時期からだろう。

やがてかれらは妖精となって、悪戯《いたずら》をしたり、小さな呪《のろ》いをかけたり、また人里離れた草原で輪舞をたのしんだりするようになった。」

司馬さんはこう書く。つまり、妖精がアイルランドにたくさん住んでいる訳である。私は、グレンダロッホの森や湖畔を歩いている時、どこからでも妖精が跳び出してきそうに思えたものだ。

翌日は坂内太《さかうちふとし》さんがダブリン市内を案内してくれた。国立ダブリン大学でアイルランド文学を学び、博士論文を準備中の坂内さんの先輩が、今は早稲田大学教授となっている岡室美奈子さんである。坂内さんは静かな学究肌の人だが、好奇心旺盛で心やさしく、岡室教授もこのように司馬さんを案内したのだろう。諸行無常といったらよいのか、不思議な輪廻を感じさせてくれる。

坂内さんがまず案内してくれたのは、三位一体カレッジの図書館で公開されている『ケルズの書』であった。『ケルズの書』とはラテン語で書かれた「福音書」の大型の冊子体写本である。修道士が羊皮紙に羽根ペンで一字一字聖書の言葉を書き、顔料で装飾を精緻にこらしたものだ。獅子や鳥や蛇や魚やケルト特有の螺旋《らせん》や渦巻き模様がたくさん出てきて、キリストと土着神の融合が感じられる。

これは日本の土着神の上に国際宗教である仏教が六世紀前半から受容されていく、神仏習合であり、本地垂迹《ほんじすいじゃく》思想とまったく同じではないかと私は思う。『ケルズの書』は、たとえば安《あ》芸《き》の厳島《いつくしま》神社に伝わる「平家納経」だ。仏は神を殺したのではなく、内部に取り込み、仏菩薩は衆生《しゅじょう》を救うため仮に神の姿となってこの世に現われたとしたのである。このように考えれば、土着神も外来神もみんな仲良くいっしょにやっていける。

だがどうしても隙間に残ってしまうものがいる。そのものたちにも生きる場所が与えられているところが、少なくとも地上で二カ所ある。ユーラシア大陸の一番西の端と一番東の端の島国である。アイルランドでは小人の妖精となり、日本では河童や天狗や座敷わらしやさまざまな妖怪となったのである。

「アイルランドでは、老人の多くが、妖精は実在すると信じています」

学究の人、坂内太さんの微笑とともに私に伝わった言葉である。

太平洋の旅人

2004 冬

宇宙といってもいいこの大海原を、太平洋の島々に暮らす人々はどうやって旅をしたのだろう。そんな疑問を抱き、私はミクロネシア、メラネシア、ポリネシアを旅していたことがあった。旅をするといっても宇宙における星のような島々を、心細い気持ちで巡っていたのだ。船で航海すればいいのだろうが、思いどおりにいくはずもなくて、島から島へと巡るのに使ったのは飛行機であった。そんな旅ではあっても、見えてくることもあったのである。

技術はつねに進歩するというのは、迷信というよりも、現代人の傲慢である。遠い昔の人がそなえていた自然現象に対する鋭敏きわまりない感受性は、とうに失われて久しい。一度失われると、回復するのは不可能といってよい。

航海者は、たえず波を見ていく。盛り上がる波の斜面を見ていると、微妙な紋様が刻まれていて、そこには様々な記号が記憶されていると老いたかつての船乗りに聞いたことがある。島に近いところの波、百マイル先に島がある波、当分島影も見ることはできない大洋の波は、紋様ばかりでなく、形も違うのだという。一度島にぶつかった何かの力が戻ってきて、波に影響を与える。その微細な記号を解読していくと、茫々とした大洋の中で自分の位置がわかるのだという。

一度は向かった波が戻ってきて情報をもたらすとは、すなわちレーダーの原理ではないか。そんな記号が自然の中にはたくさんあるのだといわれても、私たちにはすでにわからない。その失われた感覚を、現代人は人工衛星のＧＰＳシステムを使い、レーダーを使い、機械に代替させて航海していく。それでももちろん百パーセントの安全性を得られるのであるが、生物としての人間の能力が退化をしたということはいなめない。

私は文章を書くために太平洋を旅していた。月刊誌に旅行記を連載するために、あまりにも広い太平洋の片隅から片隅へと、自分の身の小ささをしみじみと感じながら旅をしていた。それは『太平洋巡礼』（日本交通公社）という本にまとまったのである。その旅を通して、私は多くのことを学んだ。

ミクロネシアのある民族は、ワシ座の一等星アルタイルを「東の空を飛ぶ大きな鳥」と呼ぶ。太陽が昇ってくる東は、最も重要な方向である。だが太陽は夜は見えない。アルタイルは、夜、東から天空へと昇っていくのだ。このアルタイルをことに頼みとするのが、夜も昼も航海をつづける旅人である。

夜の航海は星だけが頼りである。北半球には北極星があり、南半球には南十字星がある。道標となるこれらの星は、赤道に近づけば近づくほど水平線から湧き上がる雲に隠され、見えにくくなる。そうなればどうしても頭上にある星を解読しなければならない。夜は星でも見ているしかやることはないものだ。見つづけているうちに、法則がわかってくる。その星をめざしていけば、方向が失われることはなくて、必ず決まった島に行き着く。海図の代わりにそのまわりの星を含めた物語にし、人の脳に記憶させる。たとえばその星につけた名の姫君を追って冒険をくりひろげ、やがて姫君を救いだすという物語をつくる。実際にはその星を追っていくと、姫君が住むというめざす島に着くことができるのだ。現代の世界では星の物語といえばギリシャ神話だが、太平洋の多くの島々ではそれぞれが星にまつわる神話を持っているとのことだ。その詳細を知りたいものだと、私はずっと思っている。

昼間は波と生きものとが案内してくれる。ある海域では、高く盛り上がってカヌーに突き当たってくる波は、東からくる。カヌーがピッチングすれば、東に進んでいることになるわけだ。

軍艦鳥は島から七十マイルあたりの沖合いを飛んでいることが多い。どこからか飛んできて、マストに翼を休めようとする。竿をふりまわしてとまらせないようにし、あきらめて飛び去った百マイルの方向に島がある。黒アジサシ、白アジサシなどは生息地域が違うので、カヌーの位置を正確に教えてくれる。食料に釣り上げた魚も道案内人だ。

双胴式カヌーは風に向かってジグザグに走る。船首と船尾とはたえずいれかわり、独楽《こま》のように回転しながら波から波へと跳ねまわる。帆に風を受けたり、力をもらってから風を逃がしたり、舵もないカヌーを帆綱一本だけで操作するという。あの広大な太平洋を小さなカヌーで渡るのに必要なのは、勇気だけではない。確かな技術の裏付けがあったのである。

永遠の一日

2003.11

風はない。波ひとつ立っていない海は、まるで沸騰しているかのように見えた。はじめてくるところなのに、かつてここにやってきたようにさえ思える既視感《きしかん》がある。私自身が知らないところならば、私の遠い祖先たちがその昔このあたりに暮らしていたと感じさせてくれる。

ここはトラック島の礁湖《ラグーン》である。周囲にある島々は環礁《かんしょう》といい、そもそもが海底火山の火口の縁《ふち》である。太平洋プレートにできた火山島の水際に珊瑚礁《さんごしょう》が発達する。珊瑚虫が増殖して陸地が形成されるが、珊瑚虫は海中でしか生きられず、高いところにいけば死滅してしまうから、水面すれすれに島ができるのである。この珊礁《さんしょう》は、海に浮かんだまさに美しいエメラルドの首飾りである。

環礁が防波堤の役目をするので、礁湖は静かである。ミクロネシア連邦トラック島の環礁は、周囲二百キロあって世界最大である。火口である礁湖は、少し風が吹けば荒れる。幸いなことにこの日は、ひりつくほどに晴れ上がった。

こんな日、風を頼りに航海しなければならなかった昔の船乗りたちは、途方に暮れて船上で茫然《ぼうぜん》としていたのに違いない。海も空も美しいのだが、ここに死の臭いを感じとってしまったかもしれない。

私はボートをとめてもらい、スノーケルをつけて海にはいることにした。光が海中にとどくので、どこもかしこも輝いている。もし私が魚になったとしたら、遠くの島や近くの波はどのように見えるのだろうかと思い、水中カメラを半水面にいれ、沈めるように浮かべるようにして撮影した。もちろん魚の目は魚眼《ぎょがん》レンズだから、水中カメラのように見えるということはない。私はこの景色の中にいて、汚れているものがまったくないことに気づいていた。私はしばらくの間、この海に浮かんでいた。

永遠の一日という言葉が、私の頭に浮かんだ。

2007.6

ずっと友だちさ

ミクロネシア連邦の首都パリキールのあるポンペイ島には、古代から建設された海上遺跡のナンマドールがある。誰がどのような技術をもって巨石を組み上げたのか、まったくわからない。ただ遺跡だけが確かにあるのだ。

私は十七、八年前に、ナンマドールを見物するためにこの島を訪ねたことがある。その時に、昔の風情が残っていると伝えられる村にいったことがある。そこでひときわ大きな家で昼寝をしている老人にあった。立派な風貌で、日本語を見事に使いこなす人であった。その老人はナンマルキという役職で、一族の族長であった。この島では大変に力を持っている人物なのである。

族長は彼らの文化である消えゆく踊りを再現したがっていた。裸で腰みのをつけて踊る昔ながらの踊りで、若い人は誰も歌ったり踊ったりできず、民族楽器も演奏できなくなっているということであった。

彼らは文字を持っていない。紙に書いて歴史や伝統の記憶を残すということをしない。そのかわりに、歌と踊りがある。祭りの日に歌と踊りをすることは、過去に遡り、未来に向かって彼らの歴史を残すことである。踊りがなくなったら、彼らの祖先たちのことが消えてしまうということだ。

腰みのはハイビスカスの皮の繊維でつくるのだが、アメリカの染色を取り寄せてもどうもうまく染まらない。ついては、日本の染料を送ってもらえないかということであった。

求められた染料を、私は帰国してから送った。しかし、送ったきりになっていたのである。その記憶さえも失っていた。そして、今回ポンペイ島に訪問する機会を得た。テレビの取材の仕事で、祭りをやっている村を訪ねたのである。

車で向かう時も、道は昔とはくらべものにならないほどよくなっていたのだが、何かしら遠い記憶と合致する不思議な雰囲気を感じてはいた。

祭りはどんどん進行していく。当地の祭りには、シャカオという胡椒科の植物の根を石ですりつぶして絞り、どろどろの液体にしたものを必ず飲む。ハイテンションになり、また酔っぱらうという人もいるが、私はそうはならず、冷静であった。豚をつぶし、山からタロイモを掘ってきて、精一杯の料理でもてなしてくれた。

二度に分かれて歌と踊りがでた。男も女も腰みの一枚である。一度は室内にしつらえた舞台でやり、もう一度は屋外で列になってやった。彼らの歌と踊りは、単なる見世物ではない。なんとなく完成された踊りを見て、私は十七、八年前に会った族長を思い出していた。とうとうやりましたねと、私はどこにいるかわからないかの老族長にいってやりたかった。

ある時間、歌声の中にこんな言葉が響いてきた。

今日から友だち
明日も友だち
ずっと友だちさ

これが日本語で歌われたのだ。もしかするとかの老族長がつくったのかもしれないし、もっと昔に日本軍の兵士がつくった歌かもしれない。もう誰もわからない。それを遠い時間を越えて確かにこうして伝承している。争い事のない平和の中で、すべての人とずっと友だちでいたいと私は思うのだ。これをつくった人も歌ってきた人も、同じ気持ちであろう。

私の記憶はどんどんはっきりとしてきて、昔の私の体験を現在の族長に語った。すると族長はこういった。

「あの人は私の父です」

2008.6

南極にて

南極の昭和基地の前には氷山が浮かび、その海も凍っていて、何処《どこ》かで見た風景と思ってなんだか懐かしかった。考えてみれば、写真や映画で何度も見た風景なのだ。禅の枯山水の庭に通じる抽象性を感じ、私は思わず南極山水とつぶやいた。

そばで聞いていた観測隊員がさすが文科系の人ですねとほめてくれた。南極に来るのは、管理部門のごく少数を除いて、たいていが理科系の研究者や観測者である。

南極はこれまで旅をした何処とも違っていた。何処を見ても氷なのはそのとおりであるが、移動するには各国の基地から基地へとつないでいく。基地はまるで宿場のようなのである。共同研究も多いから、さまざまな国の人が往来することになる。

どこの基地でも、やってきた人には食事と寝る場所を供する。基地の建物はたいてい居住者でいっぱいなので、テントに泊まるということになる。私たちも、ノルウェーやロシアの基地で世話になり、昭和基地まで行った。その過程で感じ、不思議に思ったのは南極には貨幣がないということだ。貨幣の価値は国家が保障する。南極には国家がないから貨幣は存在しようもないということになる。もちろん店もない。必要なものは与えられ、それで充分なのである。もっとほしいなどと、個人のレベルでは感じないですむ。

当然ながら、個人では貧富の差もない。その人がどんな研究をしているのか、人間的にどうなのか、今何をしているのかということが問題になる。

ということは、各国の南極基地の整備が進み、交通手段も確保され、ある程度費用と手間さえかければ、南極も地球上の他の土地と同じになったということである。貨幣がないからこそ、金にものをいわせて観光するということは、南アメリカに近い南極半島などごく一部の地域でしかできない。南極は南極が必要とする人しか、足を踏み入れることを許さない。その聖域に私は行く価値があったのかと自問しないわけにはいかない。

胆力の人——白瀬矗

2007.12

白瀬矗《しらせのぶ》が生まれたのは、一八六一（文久《ぶんきゅう》元）年六月十三日である。幕末の動乱の頃だ。本荘藩金浦村《ほんじょうはんこのうら》で、現在の秋田県にかほ市に、浄土真宗浄蓮寺《じょうれんじ》住職白瀬知道《ともみち》とマキエの長男としてこの世に生を享《う》けた。本来なら父親の後を継いで仏道にはいるはずの運命であった。

少年の時は相当に腕白《わんぱく》であったらしい。自著『南極探検』には、「十二歳の時、オオカミ退治をして大怪我《おおけが》をし」と書いてある。その顚末《てんまつ》は次のようなことであったようだ。可愛《かわい》がっていた子犬三頭がオオカミにさらわれ、親犬も足に負傷した。白瀬はその仇《あだ》を討つため、オオカミのいる森の奥に出かけ、樹の上に登って様子をうかがっていた。そのうちオオカミが彼に気づき、樹に跳びつこうとした。そこで彼はオオカミの鼻柱を鎌で斬りつけると、オオカミは樹の根元に落ちた。こうしてなお三頭をやっつけたというのである。ニホンオオカミが日本で絶滅していなかった時代のことである。

白瀬少年が探検家をめざしたのは、一八六九（明治二）年に浄蓮寺を教室としていた近所の医者佐々木節斎《せっさい》の寺子屋にはいったことをきっかけとしているという。喧嘩《けんか》ばかりしている白瀬少年に節斎が説いた。

「世の中はこの金浦だけではない。江戸に出て世界を見れば、文明の進んだ諸外国はいくらでもある。狭い田舎で威張っているのは、井《い》の中の蛙《かわず》だ。世界に目を向けると、未知の大陸や海が多い。日本には間宮林蔵《まみやりんぞう》という偉大な探検家がいたが、その後を継ぐ人がいない。このままでは、英国、フランス、オランダなどに圧倒されるだろう」

節斎の話に感銘を受けた白瀬少年は、自分を探検家に育ててくれと節斎に頼む。節斎は秋田出身の国学者平田篤胤《ひらたあつたね》の高弟で、蘭学《らんがく》通の医者であった。さっそく節斎は十一歳の白瀬に、初心を貫くために生涯守らなければならない五つの戒《いまし》めを与えた。
一、酒を飲まない
二、タバコを吸わない
三、薬を飲まない
四、湯を飲まない
五、寒中でも火に当たらない
白瀬はこの五つの戒めを、激しい意志で生涯守り通したとされる。僧職のままでは探検家になれないので、探検家への近道として軍人になることにした。だが近衛《このえ》騎兵隊にも陸軍士官学校にもはいれず、日比谷にある陸軍教導団にはいる。これは下士官の養成機関である。

その後白瀬は千島《ちしま》探検隊に参加して越冬したり、日露戦争に応召して負傷したりしているうち、四十五歳になっていた。人生五十年とされていた当時、あまり時間がなくなっていたのだ。白瀬は北極探検をしようとしていた。

　当時の探検家たちは、最後に残された探検の場所として、北極に向かっていた。一九〇九（明治四十二）年四月六日、アメリカの探検家ピアリーが八度目の北極挑戦で極点（北緯九〇度）を踏破し、無事帰国の途についたとのニュースが世界中を駆けめぐった。白瀬は四十八歳になっていた。

　白瀬は三十八歳の時、一九〇〇（明治三十三）年に千島の経営を国家事業とするよう働きかけ、帝国議会で十万円の予算がつくことになっていた。しかし、国家から現実的に予算は交付されなかった。

　白瀬とすれば、いつまでも安閑《あんかん》としているわけにはいかなかった。イギリスのスコットとノルウェーのアムンゼンが、誰も到達していない南極点をめざそうとしていることがわかったからだ。一九一〇（明治四十三）年一月、白瀬は南極探検を決意し、帝国議会に「南極探検ニ要スル経費下付請願」を提出した。衆議院は十万円を認めたものの、貴族院は三万円に削り、政府は支給を拒否した。

　結局白瀬は民間の力に頼らなければならなかった。大隈重信《おおくましげのぶ》を会長とする南極探検後援会が発足し、募金活動をはじめた。

南極探検船として有力視されていた退役軍艦「磐城《いわき》」が海軍から借用できないならと、二百四トン余りの木造帆漁船《はんりょうせん》「第二報效丸《ほうこうまる》」を購入し、補助エンジンを装備して開南丸《かいなんまる》と改めた。一九一〇（明治四十三）年十一月二十八日、芝浦埋め立て地で盛大な送別会が開かれた。

スコット隊のテラノバ号は七百五十トンで犬三十頭、馬十九頭、モーターのついたそり二台である。アムンゼンのフラム号は四百二トンで、犬が百十六頭いた。外国の諸隊とくらべても、白瀬の陣営とはあまりに差があった。

北極から目標を南極に切り換えた白瀬が東京湾を出帆したのは、一九一〇（明治四十三）年十一月二十九日である。十一歳の時から極寒の地への備えを怠らなかった白瀬であるが、北極から南極へと反転すると、酷暑の赤道を越えていかねばならない。赤道附近には帆船泣かせの無風地帯があり、どうしても足止めされる。犬の餌《えさ》とするカラフトマスの干物が腐り、寄生虫が原因で頼みとするカラフト犬のほとんどが死んでしまった。北方ばかりに目を向けていた白瀬にとって、灼熱《しゃくねつ》の赤道を越えることは想定外のことであった。二月八日にニュージーランドのウェリントンに到着し、物資を積んで鯨湾《ホエール》に向かうが、南極では夏が過ぎようとしていた。次の夏まで待機するため、オーストラリアのシドニーに向かう。

スコット隊は一九一〇年六月にイギリスを出発し、一九一一年一月四日に南極のロス海マクマード湾に到着した。アムンゼンは一九一〇年八月に北極から南極に目的地を変更し、スコット隊の十日後にロス海の鯨湾に到着した。遅れていた白瀬にとって幸運だったのは、両隊が現地で越冬したことである。

砕氷船でもない開南丸で氷をよけながら進み、白瀬が悪戦苦闘の果てにロス海の鯨湾に到着したのは、一九一二（明治四十五）年一月十六日であった。

だがアムンゼンは前年の十二月十四日に人類ではじめて南極点に到達している。その三十四日後の一月十七日に南極点に着いたスコットが見たものは、翩翻《へんぽん》とひるがえるノルウェー国旗であった。絶望したスコットは、帰路に食糧が付き、五人全員が遭難死する。アムンゼンとスコットの差は犬ぞりと馬ぞりの違いであったとされる。スコットの輸送の主力は馬だ。馬は極寒の地で気難しく、思ったようには働かなかった。また新型の機械エンジンはしょっ中故障した。またクレバスが多く、馬は落ちれば上げることはできないが、犬ぞりは先頭の犬が落ちても引っぱり上げればまた走ることができる。

スコットは克明な日記をつけていて、三月二十九日で途絶えている。大量の燃料と食糧とをデポジットしていたが、その場所が吹雪のため予定通りに設営できず、あとわずか十八キロのところで力尽きてしまったのだ。

白瀬の開南丸がロス海の鯨湾に到着した時、ノルウェーの探検船フラム号が停泊していた。表敬訪問をすると、アムンゼン隊長は極点踏破からまだ帰っていなかった。実際にはアムンゼンはその三十三日前に人類ではじめて南極点に到達し、訪問した翌日にはスコットも踏破するのだ。だがそんな情報はだれも持っていない。

開南丸を見たフラム号の船員はこういったと伝えられる。

「我々はこんな船でここまでくるのはとうてい不可能で、途中までもくることはできないだろう」

こんなボロ船でよくここまできたものだと最初は馬鹿にされていたのだが、やがてその勇敢さが賞讃に変わったということだ。ちなみに開南丸の値段は当時の金額で二万五千円だったが、フラム号は十九万円であった。スコット隊の船はそれより遥《はる》かに高価だ。白瀬が持っていたのは、現代の私たちからはとうに失われた胆力《たんりょく》というものではなかったか。白瀬隊の装備はすべて劣っていたのだが、もちろん気宇壮大《きうそうだい》な意気があった。

白瀬は自らが隊長となって五人で突進隊をつくり、三十頭のカラフト犬の引くそりに食糧や天幕を積んで、いけるところまでいこうと内陸部に進んでいた。その間、開南丸は沿岸で学術調査をする。

突進隊は九日間二百八十二キロを走りつづけ、西経一五六度三七分、南緯八〇度五分まで達する。帰路の食糧のことを考えると、ここが限界点であった。その場所に日章旗を立て、一帯を大和雪原《やまとゆきはら》と命名する。この地名は現在も世界地図にのっている。この大和雪原は後年の調査で万年氷原であって、南極大陸ではないことがわかった。だからといって、白瀬矗という人物の価値がいささかでもそこなわれるものではない。

白瀬はアムンゼンとスコットに次いで南極探検では三番目の男だ。白瀬隊は他の二隊にくらべれば比較することもできないほど貧弱な装備と態勢しかなかった。南極のことを考える時、私たちは白瀬矗という胆力のある人物が存在したことを忘れてはならない。

わたしは南極の大氷原に立ち、白瀬とその仲間たちの偉大な冒険心を感じる。白瀬の冒険心を支えていたのは、未知のものを見たいという探究心であったと思う。領土的な野心の強い時代であったのだが、アムンゼンやスコットと違い、白瀬の背景には国家はまったく存在しなかった。帰国してからの白瀬は、借金を返済するため貧窮の暮らしをするのである。

2008.11

見てはならない光

ある人が私の顔を見るなり近寄ってきて、手をきつく握ってこういった。

「あなたは命の恩人です。あなたのおかげで私はこうして生きていることができるんです」

その人は浅草仲見世の帽子屋さんということだった。ある時、その人はヨーロッパから飛行機で日本に向かっていた。ほんの少し前まで、飛行機はソ連領のシベリア上空を通ることができず、北極海上を経由した。給油の関係でアラスカのアンカレッジに寄っていく。アンカレッジには免税店の大ショッピングモールがあり、時差の中次々とやってくる飛行機の乗客で賑わっていたものである。

その人は北極海上空を飛んでいた。その前に映画を上映するから窓を閉めるようにと、乗務員にいわれる。映画が終り、ほとんどの人が眠っている。その人は眠れないので、そっと窓を開け、夜空にまたたく星を眺めていた。すると突然眼前一帯から上空に、淡い緑色のすさまじい光を見てしまった。光は遠くからやってきて、渦を巻き、走り、カーテンのように揺れてまた走り去り、戻ってくる。もちろん音はしないのだが、騒然とした気配である。

あわてて窓を閉じたのだが、その人は見てはならないものを見てしまったと思った。たとえば阿弥陀如来が観音菩薩と勢至菩薩とともに来迎し、死者を西方阿弥陀浄土に導いていくその光のようではないかと、その人は咄嗟に考えた。見てはならないものを見た自分には、間もなくお迎えがくるに違いない。その後ずっと心の奥に恐怖を抱え、その人は生きてきたというのだ。

「あなたは命の恩人です」

こういわれて私が手を握られたのは、テレビでオーロラの生中継をやったからだ。私はオーロラとともに画面に出て、これがオーロラですと語ったのである。その人が恐怖とともに見たのは、なあんだオーロラだったのかということになった。そのテレビを見て長年の恐怖から解き放たれ、心が軽くなったということである。

私がテレビで生中継の放送をしたのは、約二十年前のことである。私は日本の隅々まで旅をして紀行番組をつくっていた。大きな報道番組のコーナーで、日本を再発見していく紀行番組は、新しい日本人論にもなり、それなりに視聴者の支持を集めていた。ちょうど日本がバブル経済に浮かれていた頃で、予算もそれなりについたから、視聴率がとれる番組さえつくれば何処でも好きなところにいくことができた。

番組は月曜日から金曜日の午後十時から十一時十分までの放送で、時々放送が終了した深夜に居酒屋に集まって飲んだ。そのコーナーをつくるスタッフ十名ほどが、いつの間にかチームになっていて、酒を飲みながら企画会議をしているような具合であった。ある時、アシスタントディレクターが英文の『ナショナル・ジオグラフィック』誌を持ってきて、こういった。

「どうも今年の冬は太陽の黒点の関係で、オーロラがよく出るようですね」

「よし、それじゃ撮影にいこう」

「オーロラはどこがよく見える」

「フィンランドでしょう」

「アラスカじゃないですか」

かんかんがくがくこんな話をして、それじゃアラスカにいくことにしようと決定した。企画会議といっても、発端はこんな感じだったのだ。

「生放送できないかな」

誰かがいい、一瞬沈黙が訪れた。すぐに技術スタッフが動き、深夜なのにあっちこっちに電話をかけはじめた。東京は二十四時間眠らない都会である。やがて技術スタッフはテーブルに戻ってきていう。

「できます。マッチの火でも写る暗視カメラがありますから」

これで決定である。ここから先はディレクターやプロデューサーの仕事で、番組全体のどんな日程に組み入れるかということを検討する。この番組には、実は上出洋介教授（本書『オーロラウォッチングガイド』著者）も一緒に出演されている。

私にはいまだに仕組みがわからないが、オーロラの出るアラスカ・フェアバンクスから人工衛星の回線を使って電波を東京まで送る。月曜日から金曜日まで五日間放送するとなって、陣容も増えた。中継と中継の間をつなぐVTRのための編集器機まで運ぶことになったのである。

そのVTRの中身をつくるため、私は一足先にアラスカの内陸部にはいった。タルキートナという小さな村から、もっと内陸部に犬橇ではいる。犬の引く橇に乗っているだけだから、犬が急角度で曲がると、転倒した橇から放りだされる。まあ雪の上に転がるだけだから、どうということはない。

雪原の真ん中にある山小屋からは、マッキンレー山がよく見えた。その白亜の山の上空に湧き出すオーロラを、その時に私ははじめて見たのである。はじめは遠くのほうで蠢いていたオーロラは、突然ふくらむやこちらに向かって走ってきて、全体を巻くようにして空中に広がった。あまりにも壮大で、歓喜を呼ぶというようなものではなく、不吉な雰囲気であった。また壮大すぎて、テレビの小さな枠におさまりそうもなかった。

毎晩このオーロラを眺めている極北の民族が、これを不吉な光だと考えた感性はよくわかる。こんなものが夜毎に無言で空いっぱいに走ったら、魔物によって操られていると思うことであろう。オーロラは美しいからこそ、不気味である。

私たちはオーロラを撮影し、もし本番中にオーロラが出なかったら、これをＶＴＲだと断った上で放送する。何しろ日本時間の夜十時は、アラスカでは午前四時ということだ。こんな時刻にはオーロラはまず出ないといわれていた。オーロラが出るのは夜十時頃が一番多いということだが、宇宙規模の自然現象であるし、北極と南極と相似形で同時に出るということだ。たまたまフェアバンクスが午前五時の時に放送しなければならないのだが、それはまったく不可能という時間ではないと楽観的に考えた。

いよいよ本番である。フェアバンクス郊外で地上には眩しいほどに照明がたかれ、私はその中にいて、暗視カメラは上空を狙って一台だけ遠く離れている。今はオーロラはでていない、もちろんそのことは東京の放送局ではわかっている。キャスターが今夜はアラスカからオーロラを生放送でお届けしますと話している。話が私のところに振られてくる。

「それでは呼んでみましょう。フェアバンクスの立松さーん。オーロラはさぞ見事でしょうねえ」

「はーい、立松です」

こういったとたん、私の声はキャスターの声とぶつかった。今は技術が発達してタイムラグは補正できるのだが、当時は音声と映像とが別に送られてきた。映像は衛星回線を、音声は地上の電話回線を通ってくるから、複雑な時差が生まれる。不気味な沈黙が恐ろしいので声を出すと、声と声がぶつかりあって会話にならない。そのことにどうも私は慣れず、キャスターに電波上で笑われた。

「オーロラはどこにあるんですか」

「今、空は曇っていて、残念ながら見えません。雲のその先にはオーロラが輝いているのです。放送時間内にきっとお見せできると思います。それでは先日私も見たオーロラを撮影してあります。ＶＴＲをご覧ください」

私はこう返すしかなかった。結局三日間夜は曇っていて、オーロラは見ることができなかった。私は深い雪の中を、テレビの前であっちからこっちから歩き、オーロラのことやアラスカの冬の自然のことを語った。放送時間内に必ず出ますと私はいったが、出なかった。現地の人のいう通りで、自然に向かってこちらの都合をいいつのっても仕方がないのだ。

四日目、放送がはじまる直前、空いっぱいにオーロラが出た。本番前に消えてしまうのではないかと恐れたが、勢いのいいオーロラが空を走りつづけてくれた。五日間のうち、オーロラが出たのはこの時だけだった。

昨年、私は南極にいった。昭和基地は気候が厳しいので有名だが、オーロラの観測には最適のところだそうだ。それを知っているのかどうか、ある人が私にこういった。「せっかく南極にいくのですからオーロラを見てきてください」。残念ながら私のいくのは夏で、昼間しかないのだから、オーロラを見ることはできない。見えなくても、オーロラが出ているということである。

*

旅の効用

2006.8

旅のよいところの一つは、いつも暮らしている視点、つまり日常生活の側からではなく、自分が本来持っている感性から対象を見ることができる点だ。自分の目の高さは身長の分であり、そこからものを見る感覚が知らず識らず身についている。だが地面に寝そべれば蟻の視点になり、木に登れば鳥の視点になる。水中を泳げば魚になり、カヌーでいけば水鳥になる。そのように視線の位置をどんどん変えていくことが、旅に出るということだ。

旅をしていると、次から次と多様なものと出会い、これに対してどんな態度をとったらよいのか決めかねることがある。つまり拒絶してその場を去っていくこともあるのだ。それは旅をする自分が、その相手に試されているということだ。試され、拒絶したりされたりしたのでは、出会わないほうがましである。そんなことがないよう、旅先では感覚を全開にしていなければならない。目の前に現われるものすべてを、柔軟に取り込んでしまう。そうすれば、自分はもっともっと大きくなることができる。日本全土ばかりでなく、この地球をも丸呑みにすることだってできる。

旅は楽しい。知らなかったことを知り、どんどん豊かになっていく自分を感じることができるからである。この世の多様性を知ることが、私たちには何より必要である。他者を認める心があれば、自己主張によるいがみあいもなくなり、戦争をすることもなくなる。旅の効用ははかり知れない。

初出一覧

人生は旅だ（『ＪＡＬ旬感旅行』ジャルツアーズ、二〇〇八年夏）
旅に明け、旅に暮れてきた（『まほら』第六〇号、旅の文化研究所、二〇〇九年七月）
人々の笑顔を振り返り見る（『写真集　昭和の農村』家の光協会、二〇〇六年八月）

＊

Ⅰ　北の大地へ

知床の引力（『éclat』二〇〇八年七月号、集英社）
知床の四十年（『ＪＡＬ旬感旅行』ジャルツアーズ、二〇〇七年十月）
知床の冬（『ＪＡＬ旬感旅行』ジャルツアーズ、二〇〇八年一月）
『半島　知床』あとがき（『立松和平のふるさと紀行　半島　知床』河出書房新社、二〇〇三年二月）
知床の春（『ＪＡＬ旬感旅行』ジャルツアーズ、二〇〇八年四月）
森の力（『ＰＨＰ』二〇〇四年十月号、ＰＨＰ研究所）
知床の大船頭さん（『いい人に会う』vol.9、日本サムソン、二〇〇八年六月）
心の中の風景へ（『最北の四季彩　綿引幸造写真集』二〇〇七年六月）

北の花の宿命（『日本列島花紀行　上巻』ユーキャン、二〇〇八年四月）

II　日本の原風景、東北へ

埋蔵された日本の原風景（『sylvan』第二号、シルバン編集委員会、二〇〇五年秋）
津軽の流儀（『トランヴェール』二〇〇二年十一月号、ジェイアール東日本企画）
ブナの白神（『もも』二〇〇〇年十・十一月号、ベンチャー・リンク）
白神山地の豊かさ（『読売新聞』二〇〇四年八月三十日）
母なるブナの木（『ウォーキングマガジン』二〇〇一年六月号、講談社）
注文のない料理店（『夕刊フジ』二〇〇九年四月四日）
物語のある風景（『さがしてみよう日本のかたち五　民家』山と溪谷社、二〇〇三年二月）
庄内、坂本獅子踊り（『トランヴェール』二〇〇二年十月号、ジェイアール東日本企画）
吹浦にて（『芭蕉俳枕』マガジン・マガジン、二〇〇八年十一月）
遠野から早池峰山へ（『一枚の繪』二〇〇九年十一月号、一枚の繪）

III　故郷、栃木へ

『旅する人』後記にかえて（『旅する人』文芸社、二〇〇二年二月）
叔父と出かけた一度限りの行列見物（『祭りを旅する　第一巻』日之出出版、二〇〇二年十一月）
山に登ろう（『下野新聞』二〇〇四年一月一日）

幻のモミの原生林（『週刊日本の樹木28』学習研究社、二〇〇四年十月）
春の日光の花（『旅ばあーん』二〇〇六年三月号、ＪＲ東日本）
日光いろは坂の紅葉（『Ways』二〇〇六年秋冬号、ＪＡＦＭＡＴＥ社）
江戸の華開く烏山の山あげ祭（『週刊朝日百科　日本の祭り6』朝日新聞社、二〇〇四年七月）
雨の赤城山（高桑信一編『森と水の恵み』みすず書房、二〇〇五年八月）
雨の尾瀬へ（『日本の国立公園　上』山と溪谷社、二〇〇七年九月）
はじめての海（『メディカルクラーク』二〇〇二年一月号、日本医療教育財団）
消える都市景観の魅力（『下野新聞』二〇〇二年十二月一日）
故郷への小さな旅（『青春18きっぷ　鉄道紀行』ＪＴＢパブリッシング、二〇〇六年七月）

Ⅳ

住む街、東京で

すべてを捨てて芭蕉のように（『スポーツ報知』二〇〇〇年八月十四日）
上野にて（『国語教室』二〇〇八年五月号、大修館書店）
今宵一夜のひと盛り（『ミセス』二〇〇一年四月号、文化出版局）
銀座で美女に囲まれて（『GOLDEN min.』二〇〇六年十一号、スターツ出版）
恵比寿　古き良き香り（『文藝春秋』二〇〇四年十二月号、文藝春秋）
根岸子規庵より（『子規博だより』九二号、松山市立子規記念博物館、二〇〇五年六月）
築地のにおい（『一個人』二〇〇五年十二月号、ＫＫベストセラーズ）
巨樹に力をもらう（『緑と水のひろば』五七号、東京都公園協会、二〇〇九年秋）

Ⅴ　甲信越の山並みへ

心の富士山（『毎日新聞』二〇〇〇年四月二十九日）
大菩薩峠の富士山（『山がくれた百のよろこび』山と溪谷社、二〇〇四年四月）
芝川海苔のこと（『年金時代』二〇〇二年八月号、社会保険研究所）
木曽ヒノキのこと（『sylvan』第八号、シルバン編集委員会、二〇〇六年十月）
江戸開発と木曽ヒノキ（『ちくま』二〇〇六年九月号、筑摩書房）
桜の下の四人比丘尼（『nikkor club』一八三号、ニコン、二〇〇三年）
天空の田んぼ（『旅』二〇〇三年十月号、ＪＴＢ）
越後上布に魅入られて（『魚沼へ』二〇〇七年冬号、八海酒造）
黒部峡谷の壮絶な美しさ（『大いなる遺産』北日本新聞社、二〇〇四年七月）

Ⅵ　西国へ

闇と火の美しさ（『瑞垣』二〇〇七年春季号、神宮司庁）
伊勢神宮――日本の原郷（『朝日新聞』二〇〇六年十二月二十日夕刊）
熊野古道とがの木茶屋往来（『Whitebook』二〇〇九年九月号、アド・コムグループ）
祖先がきた生野へ（『Ban Cul』二〇〇七年春号、姫路市文化振興財団）
石を刻む音（『別冊太陽　石見銀山』平凡社、二〇〇七年十一月）
沖家室島の歳月（『かけ橋』二〇〇七年三月号、海洋架橋・橋梁調査会）

葉っぱの力（『いろどり』立木写真館、二〇〇六年十月）
〝川ガキ〟多数育てる（『日本教育新聞』二〇〇二年一月十八日）
昆虫巡査との出会い（平野肇『蛉蛎渓谷』小学館文庫、二〇〇〇年五月）
天草、心の旅（『ARCAS』二〇〇三年三月号、日本エアシステム）
熱狂と沈黙――南薩摩紀行（『ARCAS』二〇〇二年十一月号、日本エアシステム）

Ⅶ

南の島へ

奄美と私（『文藝春秋』二〇〇二年十月号、文藝春秋）
奄美の森の贈り物（『一個人』二〇〇三年七月号、ＫＫベストセラーズ）
荒野とジーパン（『遊歩人』二〇〇三年十一月号、文源庫）
川平湾にて（『潮』二〇〇四年五月号、潮出版社）
椰子の実としての思い出（『私の心の歌　夏』学習研究社、二〇〇四年六月）
砂糖キビ畑の宝物（『エナジーライン』二〇〇七年七〜九月号、沖縄電力）

Ⅷ

海の彼方へ

永遠の放浪者たりえず――金子光晴「ニッパ椰子の唄」（『現代詩手帖』一九九九年四月号、思潮社）
マレーシア再訪――経済発展で変わったこの国の風景
（『世界一〇〇都市43　マレーシア』朝日新聞社、二〇〇二年十月）

微笑の国からの幸福のおすそ分け（『通販生活』二〇一〇年春号、カタログハウス）
立松和平がゆく「ダブリン」（『街道をゆく52』朝日新聞社、二〇〇六年一月）
太平洋の旅人（『海』二〇〇四年冬号、商船三井客船）
永遠の一日（『第三文明』二〇〇三年十一月号、第三文明社）
ずっと友だちさ（『自己表現』二〇〇七年六月号、芸術生活社）
南極にて（『月刊国民生活』二〇〇八年六月号、国民生活センター）
胆力の人――白瀬矗（『ＰＨＰ』二〇〇七年十二月号、ＰＨＰ研究所）
見てはならない光（上出洋介『オーロラウォッチングガイド』ＪＴＢパブリッシング、二〇〇八年十一月）

＊

旅の効用（『わたしの旅一〇〇選』文化庁、二〇〇六年八月）

© 朝日新聞社

立松和平◎たてまつ・わへい

作家。一九四七年、栃木県宇都宮市に生まれる。早稲田大学政治経済学部卒業。在学中から日本各地および海外を旅し、七〇年に処女作「とほうにくれて」が『早稲田文学』に掲載される。同年、出版社への就職が内定していたが就職せず、土木作業員や魚市場の荷役など種々の職業を経験しながら執筆活動をつづける。七三年、帰郷し宇都宮市役所に就職。七九年から文筆活動に専念。八〇年「遠雷」で野間文芸新人賞、九三年「卵洗い」で坪田譲治文学賞、九七年「毒——風聞・田中正造」で毎日出版文化賞、〇七年「道元禅師」で泉鏡花文学賞、〇八年親鸞賞受賞。また国内外を旺盛に旅し多くのエッセイを執筆するとともに、自然環境保護と地域振興に目をむけ「足尾に緑を育てる会」や「ふるさと回帰支援センター」の活動にかかわる。『立松和平全小説』全三十巻（勉誠出版、刊行中）、『立松和平 日本を歩く』全七巻（勉誠出版）、『親鸞と道元』（五木寛之との対談、祥伝社）、『百霊峰巡礼』第一〜三集（東京新聞出版局）ほか著書多数。二〇一〇年二月八日逝去。